perdidas

perdidas
histórias para crianças que não têm vez

Katia Bandeira de Mello Gerlach
e Alexandre Staut (organização)

Este livro é dedicado e foi escrito para meninas e meninos que não poderão lê-lo.

Para Vitor Gabriel, 3 anos, que brincava na sala de sua casa, no ponto exato em que uma bala veio lhe tirar a vida.

Para Fernanda, 7 anos, que também brincava, na casa da amiga, quando uma bala atravessou seu ombro e causou sua morte.

Para Maria Eduarda, 13 anos, que não brincava: estava na aula de educação física quando foi atingida por uma bala.

Para Paulo Henrique, 13 anos, que levou um tiro a caminho da casa de um amigo, onde jogaria videogame.

Para Vanessa Vitória, 10 anos, que também estava em casa, invadida por policiais. ("Foi muito rápido. A Vanessa foi pegar o chinelo. Ela levou um tiro na cabeça, que entrou pela testa e saiu pela nuca. O impacto foi tão forte que ela parou do lado de fora da casa", contou a madrinha.)

Para Renan, 8 anos, morto ao lado do pai, que fugia de um arrastão.

Para Fernando, 15 anos, baleado no quintal da própria casa.

Para Arthur, que nem idade tinha, alvejado ainda na barriga da mãe.

Para...

Para...

Para!

Este livro não é para parar as balas, porque meninas e meninos não vão parar de serem mortos; este livro é uma coletânea de dor. Os autores dos contos, poemas e crônicas tentaram dar para Arthur, Vitória, Renan, Vanessa (e tantas outras vidas perdidas) o que elas nunca tiveram: uma voz, uma vez.

Em terra incógnita de guerra, famílias e comunidade se desintegram. O silêncio e a omissão aniquilam a todos. As vítimas da guerra não são um meio de sacrifício para um fim específico: são elas o meio e o fim em si. Sem remorso aparente, permite-se o abandono da inocência antes que a infância evapore dos corpos.

Na Alemanha pós-guerra, logo após os bombardeios derradeiros, milhões de pessoas ficaram desabrigadas, algumas caminhavam pelas cidades devastadas em trajes de dormir. W. G. Sebald conta em *Sobre a história natural da destruição* que, em uma estação de trem, a mala carregada por uma mulher abriu-se por acidente e vários objetos pessoais tombaram junto ao cadáver incinerado de uma criança, o filho desta mulher que vivia em alucinação coletiva. Naquele período, uma geração de escritores foi inábil para desenvolver um grande épico sobre a realidade que os anestesiou. O meio literário cegou-se à história e rompeu com a tradição.

No Rio de Janeiro de 2017, as crianças vendam os olhos para não tropeçarem em cadáveres largados por traficantes no caminho para a escola. Os 3.600 tiroteios anuais computados na cidade as ameaçam em suas casas, na rua, na escola; não há lugar seguro. A barbárie é ilimitada: os criminosos embrulham membros de cadáveres mutilados em caixas de presente com belos laçarotes. As autoridades embrulham os fatos e vendem imagens falsas. De acordo com dados da Unicef, o Brasil figura em segundo lugar em número absoluto de homicídios de adolescentes, atrás apenas da Nigéria. Contabilizam-se vinte e quatro assassinatos por dia, homicídios representando 36,5% das causas de morte de adolescentes brasileiros e reduzindo drasticamente a expectativa de vida, em especial a de jovens negros.

Diante da dor alheia, somente um monstro não sentiria dor também, não se encolheria, não buscaria abolir as causas do caos, como disse Virginia Woolf citada por Susan Sontag em *Sobre o sofrimento dos outros*. Não é que sejamos monstros. Entretanto, Sontag aponta para o nosso fracasso em manter a realidade em mente, ter imaginação e empatia em relação às chacinas, além de nos alertar para o risco da banalização da fotografia conforme a legenda que lhe é dada.

Se as legendas falseiam, as imagens não comovem e os limites da linguagem constituem os limites do nosso mundo, nesta coletânea um grupo de escritores penetra no real, encosta na pele, vence o medo. Estabelece-se uma tentativa de diálogo e resgate. O labirinto da morte não oferece saída enquanto aqui e ali é lançado um voo de palavras para alçar a alma da criança morta.

Eis o ruído a espantar o silêncio, uma voz a se somar a outras, a expor a fotografia de uma sociedade marcada por desigualdade e injustiça, cujas raízes de guerra sedimentaram-se na construção do país culpado.

O Brasil, os brasileiros, maltratam as suas crianças. Quase 50% dos jovens deste país encontram-se em estado de pobreza, sem acesso a segurança, saneamento, saúde e educação.

Este projeto surgiu de forma espontânea através um convite para que poemas, contos, crônicas, textos de qualquer forma de expressão dessem voz e nome às crianças vitimadas pela violência na cidade. Os trabalhos, a princípio anônimos, foram inicialmente publicados pela revista literária *São Paulo Review*. Os direitos autorais e a renda proveninente da edição serão revertidos para ações de educação e desenvolvimento de crianças e jovens.

Alexandre Staut e Katia Bandeira de Mello Gerlach

Leandro Jardim . 15	Henrique Rodrigues . 83
Thiago Mourão . 17	Daílza Ribeiro . 85
Edney Silvestre . 21	Ronaldo Cagiano . 87
Noemi Jaffe . 27	Marcelo Moutinho . 89
Débora Ferraz . 31	Ricardo Ramos Filho . 93
Cristina Judar . 37	Santiago Nazarian . 95
Alberto Villas . 39	Andrea del Fuego . 99
Reynaldo Damazio . 47	Gil Veloso . 101
Rodrigo Ciríaco . 49	Mário Araújo . 104
Anita Deak . 51	Micheliny Verunschk . 105
Robson Viturino . 53	Márwio Câmara . 107
Eltânia André . 55	Claufe Rodrigues . 109
Marcelo Ariel . 59	Alexandre Brandão . 111
João Anzanello Carrascoza . 61	Lúcia Bettencourt . 115
Martha Batalha . 65	Eliana Alves da Cruz . 119
Marta Barbosa Stephens . 69	Rubem Mauro Machado . 123
Sérgio Tavares . 73	Susana Fuentes . 127
Alex Andrade . 77	Kátia Bandeira de Mello Gerlach . 129
Paula Fábrio . 81	

se chamaria Arthur

Eu não brinco
De esconde-esconde
Se eu morri
E já morri escondido
Mas onde, onde?
Bem aqui
Não me encontrarão os meninos
Que morrem morrerão
Que nunca vi
E que também não brincam mais ao sol,
Quando correm da chuva
É da chuva de tiros
São os nomes sem rosto
Das tragédias sem Shakespeare
No porvir
Entre uma bala e um destino
Morre morro outro menino
Nem nasci
Como aquele, da outra quinta, lembra
Morreu mesmo, ou não?
Não ainda.

LEANDRO JARDIM é escritor. Publicou *A angústia da relevância* e *Peomas*, entre outros.

silêncio sombrio

Quando eu era criança, imaginava que a morte era silenciosa. Sabia do avô de meu amigo que tinha morrido ao dormir, sem sentir nada, nem coração parar de bater, nem pulmão agonizar e nem estômago doer. Então a morte, a passagem da vida desta para melhor, como minha mãe disse certa vez, era isso: fechar os olhos e simplesmente não abrir mais. Um ato ordinário e indolor e eu não entendia as imagens que vi na televisão de um enterro onde todo mundo se descabelava e havia gritos de misericórdia e de justiça. Pensei que talvez a morte fosse uma dormida eterna e que as pessoas faziam muito drama sobre um ato muito tranquilo. Puf, fechar os olhos e dormir para sempre.

Mas, na adolescência, vi um colega de escola sendo esfaqueado próximo à nossa escola. De trás da moita, eu e meu amigo, fugidos da abordagem rapidamente. O rapaz, magro e alto, urrou enquanto o sangue espirrou, pintando o uniforme branco. Meu amigo e eu corremos da moita e passamos gritando socorro.

Eu passei mais de um mês sem tirar a imagem de meu colega esfaqueado. Me sentia péssimo por ter corrido, me chamava de covarde o tempo inteiro. Meu colega morreu e eu era tão covarde, que não consegui ir ao seu enterro. Durante o depoimento que prestei, chorei muito, mas o delegado foi legal comigo, pediu para trazerem-me água com açúcar e disse para eu me acalmar e falar porque ele queria me ouvir direitinho.

Depois, ele me agradeceu pelo que falei e me disse para eu não me preocupar que ele iria pegar quem fizera tamanha barbaridade com meu colega. Eu o agradeci e fiquei muito agradecido por ele ter me ouvido tão pacientemente. Nunca mais a polícia me perturbou, nem para reconhecer o cara, se é que o pegaram.

A partir deste momento, passei a ver a morte silenciosa não só como uma passagem indolor e tranquila, mas como também necessária a qualquer cidadão que anda de acordo com as regras impostas pela sociedade. E meu lado mais rock'n'roll achou a morte silenciosa poética, solene e abençoada.

Quando adulto, poucas coisas eram mais relaxantes e agradáveis que uma cerveja e um jornal ligado, deixando-me indignado e consolado por saber de outros tão injuriados quanto eu. Mas o relaxamento dado pelo noticiário exagerado, recheado de opiniões jornalísticas fáceis e compreensíveis, tornou-se uma tortura.

Quando a pele se rasga bruscamente, invadida por um ferro que quebra a resistência do ar a 200 metros por segundo, não há célula nervosa que dê conta de avisar ao cérebro sobre a necessidade de sentir dor para defender o corpo. Ou de fugir rapidamente para longe do que está violando a integridade do tecido celular.

Nestes casos, não há diafragma que dê conta de uma descida imediata a fim de puxar mais ar e fazer o cidadão ou cidadã ter o direito ao último suspiro antes dos derradeiros milésimos de sol a serem vistos. Os olhos fecham-se e o material de carne humana tomba no chão ao sabor da força da gravidade.

O ser outrora animado torna-se uma massa de células ao molho de sangue. Tudo isso por um pedaço de ferro disparado sabe-se de onde.

Vi isso na TV, quando um garoto de dez anos de idade, que brincava, foi morto por um projétil do Estado que ele sequer ouviu disparar. Eduardo tombou em silêncio, mas o grito de sua mãe ecoou pelo noticiário e chegou até mim, que fiquei estatelado, em silêncio. Depois foi a vez do menino Arthur, que nem sabia ainda gritar.

perdidas

Meu amigo tinha tido a chance de correr, mas essas crianças não tiveram qualquer chance. Estabacaram-se ali, onde estavam, numa morte sem qualquer barulho além do impacto no asfalto. Foi quando descobri que morrer silenciosamente era sombrio e macabro. Que não havia qualquer beleza neste silêncio e que, mais ainda, não havia beleza na morte. Talvez a morte chamada de bem morrida, a que chega no sono, não seja nem feia nem bonita, seja apenas uma passagem indolor. Incolor. Irremediável.

E que beleza mesmo só no grito, no grito da gargalhada, no grito da descoberta de uma criança, no grito da brincadeira, do extravasar de poesia humana. A beleza está no sorriso de cada criança, porque dali reflete-se toda a esperança de uma sociedade.

E cada vez que uma criança soluciona um enigma deste universo, a espécie evolui. Só assim. Nunca no silêncio.

THIAGO MOURÃO é escritor, autor de *Java Jota*.

sábado, 10h45, avenida Brasil

Papai?
Que barulho é esse?
Vem dali, pai.
Dali, ó.
Daquele lado de lá.
Ali.
Quem são aqueles homens ali, pai?
Aqueles, correndo.
Ali, entre os carros.
Por que todos têm armas nas mãos, pai?
Por que estão correndo entre os carros?
Estão vindo para cá.
Para aqui, onde estamos.
Por que estão correndo para cá, pai?
Por que você está fechando os vidros do nosso carro?
Por que aquele homem ali está apontando o revólver para cá?
Ele está atirando, pai?
É tiro, isso?
Por que você se abaixou, pai?
Por que minha mãe se abaixou?
Por que vocês estão gritando para eu me abaixar?
Que zumbido é esse, que abriu esse furo na porta?
Olha, pai, abriu um buraco.
Mais zumbido.
Outro.
Mais outro?
Muitos.
Eu não quero me abaixar.
Eu quero ver o que está acontecendo.

Eles estão puxando as pessoas para fora dos carros.
Ali, ó, pai, bateram com o revólver na cabeça daquela mulher, ali, ó.
Não quero me abaixar, já disse, quero ver.
Aquele homem ali está apontando aquela arma comprida ali para nosso carro.
Ele está dando tiros.
Abriu um buraco aqui em cima.
Olha, abriu outro buraco.
Aqui do meu lado.
Não, eu não quero me abaixar.
Tá bem, tá bem, eu vou me abaixar.
Pronto, já abaixei.
Olha, furou aqui no banco de trás.
Olha aqui, pai.
E esse buraco aí?
Eles todos estão dando tiros?
Quero ver.
Só um pouquinho.
Tiros, né?
Abriu um buraco no vidro da janela do meu lado.
Bem aqui.
Abriu um buraco perto de mim.
Agora não estou vendo lá fora, porque estou abaixado.
Só ouvindo.
Mais barulho.
Quanto barulho.
Tiros, tiros.
Tiros.
Um tiro.
Ai.
Ai!
Ai...
Ai, pai.

perdidas

Aqui, pai.
Aqui!
Nas costas!
Aqui nas costas, pai.
Ai.
Pai.
Arde.
Ai.
Dói.
Aqui do lado.
Pai!
Me ouve, pai?
Mãe?
Tá me ouvindo?
Vocês estão me ouvindo?
Ai, ai, ai.
Aqui, arde, dói, aqui do lado.
Pai?
Por que está me olhando assim?
Fala comigo.
Por que não falam comigo?
Eu estou falando que aqui do lado tem uma dor de uma coisa que entrou aqui do meu lado, que entrou aqui e está ardendo aqui, ardendo, pai, tá ardendo aqui dentro, tá ardendo muito.
Ai, que dor funda, pai.
Ai, como queima.
Queima muito.
Arde muito.
Dói muito.
Ai.
Ai, pai.
Me ajuda, pai.
Manda essa dor parar.
Manda essa dor parar, pai.

Manda esses homens parar.
Abre o vidro, estou com calor.
Não, não abre, estou com frio.
Com calor.
Aqui dentro de mim arde, mas tenho frio.
Muito frio.
Eu tô falando com você, pai.
Pai? Pai?
Tá doendo, pai.
Aqui do lado.
Do meu lado.
Aqui.
Tá queimando, queimando, doendo e queimando, cortando.
Pai.
Pai.
Mãe? Por que você está gritando, mãe?
Por que você está com medo de me pegar, aqui no banco de trás do carro?
Fala comigo, mãe.
Eu tô falando com você, mãe.
Para de gritar, mãe.
Pai?
Porque a sua mão está suja de sangue, pai?
Você está sujo de sangue.
Tá sujo de sangue aqui no meu banco, também.
Ih, o sangue está se espalhando aqui no meu banco.
Tem sangue ali no assento da mãe
Não grita, mãe.
Suas mãos também estão sujas, mãe. De sangue. E seus braços, também. Mãe?
Pai?
Está ficando tudo escuro, pai.
Está ficando tudo escuro, mãe.
Não grita, mãe.

perdidas

Para de gritar.
Para de chorar.
Pai, pede pra mãe parar de gritar.
A dor está passando.
A dor está sumindo.
A ardência aqui do lado, não tem mais.
Tá escuro, só isso.
Não estou enxergando nada.
Muito escuro.
A dor passou. Não sinto mais dor. Nenhuma dor. Nada. Nem ardência.
Não sinto mais.
Não.

EDNEY SILVESTRE é escritor, jornalista e autor de *Se eu fechar os olhos agora*, entre outros.

sou uma bala perdida

Não sei para onde ir.

Ricocheteio, hesito, posso, não posso, avanço, recuo, penetro, retorno, apareço, explodo ou implodo, não sei. Às vezes penso que explodo e que meu movimento é centrípeto, destruindo tudo aquilo em que toco – eu toco, o verbo para mim é tocar? – e outras penso que implodo, que meu conteúdo brota de dentro para fora, consumindo-me enquanto consumo uma víscera, um órgão, um músculo, um coração.

Mas que diferença isso faria no saldo final? Muita sim, acreditem.

Entro dentro de um corpo antes intacto em sua jornada pelo tempo, seus fluxos, partes moles e duras, reentrâncias e saliências, seu envelhecimento, as células girando em degenerescência ondulante e pronto – acelero tudo, apresso os líquidos antes viajando na direção dos pulmões, do fígado, tudo indo para baixo, para cima, no milagre do coração e destroço as vísceras num rastilho de pólvora. E de dentro para fora, sim, assim mesmo. Quem explode é o corpo e dentro dele ainda eu, implodida e explodida, porque também eu me desfaço nesse processo, embora médicos me retirem inteira, acreditem, o melhor de mim se foi e com ele a integridade implodida de outro corpo.

Naquele dia entrei num cartucho, um tambor, uma culatra (por que tantas palavras para designar o lugar onde me guardo? É porque quem me usa não são usuários de armas, mas, na verdade, adoradores de palavras) que, por sua vez, entrou dentro de um coldre (que palavra linda, macia) e dentro de uma pistola (pistola, apelido de pau, pinto, pênis) e dentro de um suporte de pistolas e dependurada num cinto, uma cinta, um colete, um uniforme.

Fui à rua dentro dessa envelopagem em muitas camadas, protegida por todas elas, subterrânea e deusa, eu, a bala, a última dos recursos, a primeira, a inteira, o coice em formação, a que ainda não veio, a que virá, a sanha do tempo, a possibilidade da morte, a trava da vida, a solução final, a invenção do humano, a evolução das espécies, a iminência. Eu, a bala, a química e a física, o imponderável do tempo, a velocidade inapreensível pelo olho humano, o irrefreável, o que não se pode capturar, a técnica, a arte e a tecnologia irmanadas, a massa maciça da verdade, a agregação final entre natureza e cultura.

Assentei-me dentro da pistola de, como ele chama?, Wanderlei, Gustavo, Paulo?, e esperei.

Quando chegou o momento aguardado do tiroteio – era em Duque de Caxias, eram bandidos e mocinhos, era a escória contra a justiça, era assim que eles diziam e eu militarmente acreditava, queria, precisava, eu era o bem, eu sou o bem, sou a bala do bem – eu me aprumei: é agora. Como semente prestes a fecundar, estirei-me, perfilada, pronta para o abalo. Saí!

Eis-me livre para o abate final, aérea, em trote reto para o furo.

Mas para onde? Meu deus, para onde? Estonteei-me desabalada, num infinitésimo de segundo, circulando em rotas espirais, sem localizar nada, perdida, sozinha, uma bala em fuga, em vias de cumprir seu destino sanador.

E fui. Fui na direção de Claudineia, grávida de Arthur, 39 semanas, ultrassom recentemente realizado, bebê normal, saudável, pai feliz, ela estava indo ao mercado.

É aqui mesmo, é para lá que devo ir. Perdida, encontrei-me, envelopada também lá, no ventre duplo de Claudineia, um novo coldre, novo bolsão, uma vida como eu ainda não nascida e para sempre interrompida, como a minha.

Sem lugar, eu, também a Arthur o tirei. Fui decidida, embora perdida, já que, perdida, precisava eu escolher um alvo. Gustavo, Walnderley, Paulo, Gastavo, Piulo, não sei, coitado, não sabia, não podia, não conseguia ele escolher.

Escolhi por ele.

Esses dias soube que Arthur, antes tetraplégico pelo efeito da bala (eu, a bala, a do jornal era eu!), morreu.

É estranho. Fiz o que devia, fui certo ao pote, dupliquei meu efeito, matei, vi meu nome nos jornais, fiz por Wanpauderley o que ele não pôde fazer.

E sigo perdida.

NOEMI JAFFE é escritora, autora de *Não está mais aqui quem falou*, entre outros.

pedra, papel e tesoura

Para Lorraine Xavier

Vi num livro que qualquer coisa pode ser arte. Um grito que se propaga no ar, pode ser arte? Pode. Em 2007 um artista matou um cão de fome na frente de todo mundo, disse que era arte e ele não foi o único a dividir opiniões. Duchamp assinou um mictório, Damien Hirst colocou um tubarão num tanque de formol. Não é bonito, mas seria, sim, arte — o livro continuava explicando. — Porque na arte existe a intenção: o artista que mata um cão de fome quer chamar atenção para a hipocrisia das pessoas. Os cães morrem de fome todo dia. Então, por que este era especial? Por que estamos olhando pra ele?

Um conto, é arte, ainda que de mau gosto, ainda que ruim. Isto aqui é um conto. Eu sei, não parece, mas acredite: eu estou trazendo detalhes factíveis para buscar verossimilhança. A arte, neste conto, tem uma pergunta, uma intenção. Lorraine se levanta. Minutos atrás tinha entrado numa loja com a amiga, para se esconder das balas. Agora sai, decide, afinal, que é seguro. As balas pararam de ser ouvidas há alguns minutos. Está tudo bem, ela diz. Diz e sai, ganha a rua. Não se despede. Lorraine é a personagem que se põe a caminhar e isto aqui é um conto. Eu digo que Lorraine caminha como se dissesse Está vendo?, como se apontasse, Lá vai ela, viu? Passando por nós, com seus óculos no rosto e seus projetos na cabeça. Posso acrescentar detalhes, até. Dizer, por exemplo, que carrega livros. Que veste a farda do colégio. Mas se eu for bem-sucedida nesta minha intenção, ainda assim há coisas que não conseguirei explicar. O peso, por exemplo. Ou por que Lorraine morre no fim do conto?

Arme e efetue.

Galileu ficou intrigado ao constatar que uma bola de ferro e uma folha de papel, se as soltássemos de uma mesma altura, independente da sorte, do horóscopo, da fé, chegariam ao chão em momentos diferentes ao chão.

Então por que Lorraine morre? Isso é uma questão mais áspera. Por quê?

Porque há métodos que nos ajudam a conhecer melhor o mundo que nos cerca.

Outros, criam ilusões.

Tesoura:

Lorraine pediu aulas extras. O que intrigava Galileu era a convenção de que a massa dos corpos, isso que popularmente chamamos de peso, influenciava no quão rápido eles chegariam ao chão. Pois, sim, está certo: a bola de ferro chega antes da folha de papel sulfite. Não importa quantas vezes a experiência se repita e disso os gregos já sabiam. Mas foi preciso Galileu, sim, na sua intenção de entender, de explicar o mundo pra nós, para verificar que, bem... Pegue esta mesma folha de papel sulfite. Amasse-a. Solte. Sim: sem ganhar um grama a mais, ela passa a chegar tão rápido quanto a bola de ferro, se for amassada.

Lorraine quer fazer engenharia mecânica. Este conhecimento, aparentemente prosaico: o ar influencia, então, na queda dos corpos, pode, já que isto é um conto, ganhar ares metafóricos. Poderíamos dizer que Lorraine, por ter intenção, pode, apesar de ter engravidado antes de terminar o ensino médio, chegar mais rápido ao seu objetivo se conseguir reduzir a interferência do "ar". Podemos dizer: Lorraine vinha amassando a si mesma. Tesoura. Vinha buscando um trabalho que lhe ajudasse a poupar dinheiro, e aulas extras, e mais esforço, e mais estudo... A intenção de Lorraine, que

perdidas

gosta quando as coisas funcionam de maneira exata, pode ser a de: fazer a folha de sulfite chegar tão rápido quanto a de ferro ao chão sólido que nos segura.

Galileu disse: basta criar condições que diminuam a influência do ar. É assim que termina a primeira parte deste conto. Galileu vence aqui: prova sua questão. Lorraine ganha questões extras para se preparar para o Enem. As balas podem voar à vontade.

Mas para isso, temos que reconhecer: a arte, as metáforas aqui, são uma ilusão, um truque barato. Tesoura vence papel.

A gravidez muda Lorraine para melhor. Tesoura: Lorraine estuda e trabalha para dar uma vida boa à sua filha, agora. Inclusive: uma festa de um ano. E caminha, como se cortasse o ar, pela rua em direção à loja.

Pedra:

A velocidade de saída é a velocidade de um projétil no momento em que deixa a boca do cano de uma arma. Isto eu sei porque pesquisei na *Wikipedia*. Variam de aproximadamente 120 m/s a 370 m/s em mosquetes de pólvora negra, para mais de 1 200 m/s, em rifles modernos com cartuchos de alto desempenho. Sei também que: para simular impactos de detritos orbitais em espaçonaves, a Nasa lança projéteis através de canhões de gás leve. É aqui que entra Lorraine: a velocidade de um projétil é mais alta na boca do cano e cai gradualmente, à medida que o ar vai lhe influenciando. De novo: a resistência do ar. Sabemos, então, que se as armas disparassem folhas de papel, abertas, com um conto escrito (este, por exemplo), Lorraine, que era alegre, não iria ler. Iria rir. Contos não mudam o mundo. Ela continuaria sua caminhada até a loja de festas da tia. Decidiria, então, que vai, sim, fazer lembrancinhas de papelão para o aniversário de um ano de Isabel.

Mas uma bala tem uma massa compacta, sólida, de material resistente. Viaja muitos metros por segundo. Uma bala não tem intenção. Lorraine sim. Nós preferíamos Lorraine, claro, porque isto é um conto, a intenção é o que vale. Uma menina de 18 anos, esta, que se vê mudada depois da gravidez, tem muito mais potencial para ser uma grande personagem do que a bala que protagoniza este segmento. Ela que voltou a estudar e que de vez em quando faz uns bicos com os tios, ela que quer ter um emprego de carteira assinada; quer entrar na universidade, que quer ser engenheira mecânica custe o que custar, e dar uma vida segura para a filha... Sim: tesoura vence papel, já entendemos. Mas eu, que insisto nisso, de novo, perco.

Uma bala, ainda que sem intenção, pode perfurar um braço, um seio e pode, ainda: atravessar as costas de Lorraine achando ali dentro um coração prosaico: músculos, artérias... Pedra quebra tesoura. E quebra também, por exemplo: este mamífero, espécie humana, gênero feminino. Como explicar Lorraine? E tudo o que ela foi: o dia em que os pais se separaram, o momento em que contou para a mãe que estava grávida, cada pequena vitória, suas ideias para o aniversário da Isabel. Lorraine e os livros que segurava, que são hipotéticos, e isso não precisa explicar: caem com a mesma velocidade no chão. Ainda que os livros sejam supostos, que pesem menos. Galileu já tinha decretado. E ele acerta. Sim, está explicado. Por que Lorraine morre? Lorraine morre porque uma bala, viajando rápido, tem velocidade o bastante para para perfurar um braço, um seio, para achar, pela resistência do ar, um músculo.

E Lorraine morre. É simples.

Uma lei da física é igual, não importa o lugar nem o dia. Pedra vence tesoura. A bala, pode estar no meio da aula de matemática, na sala Jesus te chama, na parede esburacada por tiros de fuzil. A bala pode vir e interromper a aula. Lorraine se prepara para o ENEM. Os conhecimentos de física, de matemática, que a ajudam a entender o mundo não modificam isso: balas matam.

perdidas

Eu, que escrevo o conto, só posso mudar, escolher outra personagem e dar voz a ela. Digamos: uma garota que está em casa, que decide ir fechar o portão (Fui fechar o meu portão por causa do tiroteio) e que encontra, do lado de fora, Lorraine. (Aí fui lá e tinha uma garota do lado de fora) Eu sei que a garota é Lorraine porque vi no jornal. (Aí eu pedi a ela para que viesse para dentro da minha casa porque estava dando bastante tiro). E vou, tentar recriar esse momento em que ela podia ter escapado (Aí, nisso que fui puxar a menina para dentro da minha casa), um momento que deve ter sido tão rápido (estiquei o braço assim, nisso veio uma bala que me atingiu e também atingiu ela nas costas), mas que, levando em conta as questões da física (Ela caiu no chão e eu corri para dentro jorrando de sangue), nada disso importa, eu falho (Aí paramos, correndo, um carro na rua. O primeiro carro que a gente viu, a gente parou). Falho: porque a bala, que não tem intenção, não tem, também, lugar certo para aparecer. Não podemos calcular onde vão estar, nem a que horas. (Aí, a gente não conseguiu. A gente tentou. Eu tentei mesmo, mas não deu).

Pedra vence tesoura. Para Lorraine eu vou escrever um conto com uma dedicatória insossa, "Para Lorraine". E eu me dou conta que escrevendo um conto, meu papel nisso tudo é meramente figurativo. As coisas que aconteceriam aqui, se acontecessem, seriam inteiramente ficção. Se Lorraine consegue ou falha nos seus planos. Final feliz ou triste. Eu não tenho uma escolha. Galileu tem razão. Eu não tenho como mudar isso porque um conto é ficção, mas Lorraine era real.

Papel:

Eu continuo escrevendo o conto. Crio a ilusão de que não. Não é assim. Lorraine cai, mas algo fica. Nem que sejam os óculos de aros grossos, a camiseta do uniforme escolar com uma gola azul. Eu suspiro, como se a conhecesse. Tento reparar um mal. A intenção na arte é ridícula, sim, eu sei, em sua ambição de fazer perdurarem as coisas, as pessoas. Lorraine não pode vencer a entropia, viajar no tempo. Foi enterrada no cemitério do Murundo, em Realengo, no mês de maio e as pessoas vestiam camisetas com seu rosto. Mas papel enrola a pedra.

Papel não ganha, não quebra nada. Ele envolve, apenas. A pedra, debaixo dele, continua intacta. Papel enrola pedra. Neste conto eu tento encobrir a bala porque prefiro Lorraine.

Eu tento: Lorraine, então, ainda na sala de aula diz, de novo, ao professor: Mais aulas — ela pede. — Mais exercícios pra fazer em casa. Ela comunica ao pai que está decidido: vai fazer engenharia mecânica. Lorraine, neste conto, pode vencer a situação, as pequenas tragédias. Lorraine precisa, pelo menos no conto, estar, de novo: no melhor momento da sua vida. E ter esperança.

Porque não é justo.

Mas justiça é direito. Direito é uma ciência humana. E é melhor parar por aqui. Pois isso só nos levaria, de novo — tesoura — ao começo deste conto.

E, desta vez, infinitamente, quem será que cai primeiro?

DÉBORA FERRAZ é escritora, autora de *Enquanto Deus não está olhando*.

menina em erupção
ou tragédia em sete parágrafos

O fogo rolava à sua frente, aos lados e na parte de dentro. Feito de plástico flutuante, era um sol com todas as propriedades de astro-rei. E que mundo bom é esse, onde é possível ser dona de um sol, sem todo aquele calor que queima, por apenas sete reais. [O chão para a bola rolar é de graça, ela cantava e dançava].

A manteiga cai pra baixo e confirma o azar do pobre [alguém disse no balcão]. Filé a cavalo. O que é filé a cavalo? [Ela imaginou um cavaleiro, uma estrada, chapéu e botas]. É o ovo sobre o bife. [Ai, que sem graça!]. Em inglês se diz *sunny side up* quando queremos, no nosso prato, que a gema amarela e mole fique para o alto [a professora de inglês é filha do dono do bar e ajuda a atender os clientes. Piscou pra ela].

Em todo relacionamento existe um núcleo, uma célula com exclusivas leis e regras e doses exatas de sentimento, carne e razão que unem duas ou mais pessoas. Se rompida por cateter, bala ou esconjuro, sua essência escorre, vazada e caótica, sujeita a distorções e a infecções em geral. É preciso proteger essa gema alojada no coração das pessoas. O sagrado não vive em objetos ou símbolos, mas nessas esferas de potência comumente invisíveis. Não há linguagem que alcance ou descreva essa realidade, embora ela contenha a origem de toda a linguagem do mundo. [Sua mãe assim divagava ao assistir a sua dança; não queria ver a sua pérola, gestada por nove meses e há seis anos vívida e completa no reino exterior, entregue aos porcos do mundo e aos seus olhos usurpadores].

Ela veio numa bola de fogo. Ressurgida de um ambiente vermelho, doída e arranhada por dentro. Os ruídos do espaço, misturados aos batimentos do seu coração, a fizeram chorar pela primeira vez. Nasceu como se estivesse há milênios na Terra [seu corpo, a partir dos extremos 'cabeça–pés', conectava o ar da atmosfera ao magma do centro do planeta].

Dançar era a sua forma de pisar firme no chão. Com os pés, desenhava órbitas visíveis para os que se propunham a, com ela, dividir espaço. A santa descalça promovia o entendimento da diversidade entre pessoas que não encaravam esse assunto como algo lá muito importante. Ela estimulava a evaporação de águas mal curadas do peito, entendimentos variados, reconciliações entre desiguais.

Menina em erupção, trazia em si o mistério e a saída. A reviravolta no pensamento para que o cotidiano fosse coisa pequena diante do que é assistir a um planeta girar [um fenômeno digno de respeito, assim como os mais raros feitos astronômicos].

Naquele dia, ela executou um balé estranho. Nada de graciosidade ou flores. Ventos cósmicos não aparentes. Deixou de ser, destituída de todas as suas pétalas. Despedaçada por um calor que não dá para descrever em palavras ou executar em passos leves. Foi invadida por uma dor que veio inteira [muito antes que o entendimento sobre aquilo que é dor pudesse chegar]. Partiu, despedaçada, em um único movimento, surgido não de seu interior ou origem, mas fruto de uma ação externa do homem, enviesada e mortífera. [Deixou atrás de si uma bola de fogo].

CRISTINA JUDAR é autora das HQs *Lina e Vermelho, Vivo* e dos livros *Roteiros para uma vida curta* e *Oito do sete*.

bala perdida

O dia de 30 de junho de 2017, uma sexta-feira quente apesar do calendário indicar inverno, nasceu como um outro qualquer ali na Favela do Lixão, Duque de Caxias, Baixada Fluminense, vizinha da Cidade Maravilhosa. Um apelido que resiste bravamente desde 1913, quando a escritora francesa Jane Catulle Mendès escreveu o poema "La ville merveilleuse" e que, vinte e dois anos depois, virou marchinha de carnaval na batuta de André Filho.

Cidade Maravilhosa
Cheia de encantos mil
Cidade Maravilhosa
Coração do meu Brasil

É no lixão, como é conhecida a comunidade, que mora um casal já com certo jeito de carioca, mas ambos vindos da Paraíba carregando consigo os seus nomes típicos da região: Klebson e Claudineia.

Klebson é Klebson da Silva, 27 anos, conferente de estoque num frigorífico em São João de Meriti. Nasceu na pequena Natuba e deixou pra trás a Paraíba em busca de dias melhores no que chamávamos de Sul Maravilha. Claudineia é Claudineia dos Santos, 29 anos, tesoureira em um supermercado na zona sul do Rio de Janeiro. Nasceu em Lucena, uma cidadezinha perto de João Pessoa, com 10 mil habitantes. Saiu de lá há cinco anos pelo mesmo motivo de Kleber, na esperança de que dias melhores viriam. Os dois moram juntos num dois cômodos e ultimamente, viviam excitados e esperançosos.

Claudineia estava grávida de nove meses e a data do nascimento do bebê já estava marcada para 13 de julho.

Sabiam que era um menino, a ultrassonografia confirmou várias vezes, e o nome já tinha sido escolhido: Arthur, assim mesmo, com H como um bom Arthur. Para o primeiro filho que iria nascer, prepararam um cantinho na casa modesta, o espaço dele já estava praticamente todo pronto, berço, as roupinhas, os sapatinhos de lã, a banheira, as fraldas, bem pequenas, para recém-nascidos, já estavam estocadas no armário. Mas, o carrinho, ainda não, ainda faltava o carrinho do bebê.

Com a chegada do fim do mês e início de outro, salário em breve na mão, os dois pensaram em dar uma olhada no preço de um carrinho que levaria o pequeno Arthur estrada afora, nos primeiros anos de vida. Acharam um em conta e compraram.

Quem passasse por ali nas redondezas do Lixão naquela sexta-feira, 30 de junho, e visse um exemplar do jornal *O Globo* dependurado com um pregador de roupa numa banca meio estropiada da esquina, ia ver que a manchete principal anunciava uma denúncia contra o presidente Michel Temer, então encurralado.

Quem parasse diante da banca para observar melhor aquela primeira página de jornal, já meio amarelada pelo sol, ficaria sabendo, pelas manchetes:

Governo fixa meta menor de inflação
Com tetos de gastos, Rio terá socorro

Ficaria sabendo também que um estudo mostrava que exercícios ajudam no tratamento do câncer e, para tristeza da galera botafoguense do Lixão, o Fogão perdera do Atlético Mineiro pela Copa do Brasil por 1 a 0, gol de Cazares aos 7 minutos do primeiro tempo.

perdidas

Na página policial, o jornal descrevia o drama de Francisdalva Alves, viúva do porteiro Fábio Franco de Alcântara, morto vítima de estilhaços de granada durante um conflito entre policiais e bandidos do Morro do Pavão-Pavãozinho, para liberar o corpo no Instituto Médico Legal. Os dois viviam juntos há dezesseis anos mas a burocracia exigia uma certidão de casamento que eles nunca tiveram, apesar do amor, que estava sempre vivo.

Na página 20, inteira, uma publicidade dos Supermercados Guanabara anunciava uma lata de Leite Ninho por 10,98 um pacote de peito de frango por 7,99 e as fraldas BabySec por 9,99. E quem comprasse três Toddynhos, pagava apenas dois, levava um de graça.

Na última página do Segundo Caderno, o colunista Arthur Dapieve falava do punk rock da Plebe Rude, uma banda da Brasília dos anos 1980, e citava a música "Clapdown", do Clash, que dizia: "Raiva pode ser poder".

Na seção de notícias internacionais, o assunto principal era ainda o drama dos refugiados, perambulando sem destino por esse mundo de meu Deus. E, na página de consumo, a polêmica era a campanha LGBT da Coca-Cola, que escreveu na latinha: "Essa Coca-Cola é Fanta, e daí?".

A foto principal na primeira página de *O Globo* mostrava uma vergonha nacional: Um policial fardado levando um colega preso, acusado de extorsão ao tráfico.

No final da tarde, depois de comprar o carrinho do bebê, Claudineia, preocupada com a onda do vírus da zika que ameaçava as grávidas, resolveu passar numa pequena mercearia na entrada da comunidade para comprar repelente. Ia chegar em casa e passar no corpo, conforme viu numa reportagem na televisão, para evitar as picadas dos mosquitos que insistiam em voar ali pelas ruelas do Lixão. Fazia isso meio contrariada porque costumava enjoar com o cheiro do repelente.

Os relógios marcavam exatamente 17 horas e 30 minutos quando se ouviu um estampido. E outro e outro. Claudineia, que estava na porta da mercearia, sentiu uma queimadura na perna e ainda tentou se esconder atrás de uma viatura policial que estava ali, protegendo também os policiais que trocavam tiros com os bandidos.

De repente, Claudineia estava no chão, pingando sangue. Correria e aflição. Foram muitos os que ajudaram a pedir uma ambulância para levá-la, grávida de nove meses e ferida, para o hospital mais próximo.

Ela havia sido atingida por uma bala perdida e corria risco.

O tiro rasgou o lado direito de Claudineia, perfurou a sua bacia e atingiu o tórax do pequeno Arthur que ela guardava consigo há 39 semanas.

Às 18 horas e dois minutos, Claudineia deu entrada no Hospital Moacyr do Carmo, na rodovia Washington Luís, em Caxias.

Quem estava de plantão desde sete horas da manhã era a doutora Polliny Batista Pereira. Foi ela quem viveu aqueles minutos iniciais e angustiantes da tragédia, sem saber ainda se o bebê na barriga de Claudineia estava vivo, ferido, correndo risco de morte.

Havia um clima forte de susto e bala ali na emergência do Moacyr do Carmo.

O coraçãozinho de Arthur foi ouvido e os médicos ficaram sabendo que os batimentos estavam irregulares e ele sofrendo. A cesariana, que não foi dúvida em nenhum momento, foi realizada em 15 minutos. Os médicos de plantão retiraram o bebê de pouco mais de três quilos da barriga de Claudineia e começaram uma luta contra o tempo.

Arthur chegou ao mundo envolto a muito sangue e, sem forças, soltou um choro baixo e muito fraquinho. Os médicos, firmes e fortes, fizeram uma radiografia e entubaram Arthur. Com as vértebras e clavícula fraturadas e a cartilagem da orelha direita esmigalhada, ele recebeu imediatamente uma anestesia local para drenagem do tórax.

O pai, quando soube dos procedimentos, respirou um pouquinho aliviado.

– Ele sobreviveu!

O doutor Luiz Miller, de 36 anos, estava se preparando para fechar o plantão e voltar pra casa depois de um dia de trabalho, onde a mulher, grávida de nove meses e o filho de quatro anos, o esperavam pro jantar. Quando passou pela sala de cirurgia e soube do caso do bebê baleado na barriga da mãe, vestiu novamente a indumentária médica e partiu pra luta, na tentativa de salvar Arthur.

Durante as primeiras horas de vida, os médicos fizeram de tudo para salvar a vida do menininho. Até então, eles não sabiam ainda como seriam as próximas horas e o futuro de Arthur. Sabiam que crianças costumam surpreender médicos, dando uma rasteira na própria história da medicina.

Mas havia uma pedra no caminho. O Hospital Washington Luís não tinha condições de fazer um tratamento adequado em Arthur, que exigia cuidados muito especiais devido às circunstâncias por tudo que passara. Começou então uma luta contra o tempo e contra a burocracia.

O bebê foi intubado e já estava respirando por aparelhos, quando os médicos resolveram drenar os dois pulmõezinhos, sendo que um deles estava perfurado pela bala perdida. Só havia um dreno torácico no hospital e a escolha do Doutor Miller foi usar um tubo orotraqueal, que é usado para intubação na traqueia.

Aos poucos, Arthur reagia, lutando para poder respirar e conseguindo, bem devagarinho. O Doutor Miller nunca tinha drenado uma pessoa tão nova, recém-nascida. Para ele, aquela era uma operação típica de uma situação de guerra de verdade, com soldados feridos e tiros para todos os lados. Pensando bem, era.

Os médicos ainda não sabiam se Arthur um dia iria conseguir andar pelas ruas do Lixão como qualquer criança, correr, empinar pipa, subir nos muros, jogar futebol. Era preciso deixar o tempo correr, pelo menos um pouco mais. As primeiras horas eram decisivas.

Claudineia foi levada para a UTI do Hospital Adão Pereira Nunes e começou a se recuperar razoavelmente bem. Mas ela estava aflita, querendo saber notícias do filho. Insistia que queria vê-lo ou, pelo menos, através de uma fotografia, para se sentir um pouco mais aliviada.

O pequeno Arthur, correndo sério risco de vida, continuava com um quadro de saúde grave mas estável. O pai, Kleber, conversou com os médicos e achou melhor não fazer um relatório completo do estado de saúde do pequeno Arthur para a mãe. Preferiu ir falando aos poucos.

E foi assim que ela soube que o pequeno estava ferido e, mais tarde, que poderia nunca chegar a andar.

Quatro dias depois de ser atingida por uma bala perdida, policiais da 59ª DP foram até o hospital para ouvir Claudineia. Durante uma hora e meia, ela contou como tudo aconteceu, apontando os detalhes que lembrava. Os policiais prometeram que iriam investigar o caso e foram embora.

No dia 5 de julho, Kleber foi ao cartório de Duque de Caxias e registrou o filho: Arthur Cosme de Melo. Agora, o menininho tinha nome e sobrenome.

No dia 10, logo cedo, a revista Veja começou a chegar às bancas de todo o país com Arthur na capa. A fotografia, na verdade, era um raio-X dele, logo depois da cesariana. Na manchete: A história do bebê sem história.

Os dias foram passando e a agonia era permanente. A mãe em um hospital, se recuperando bem, e o filho, entre a vida e a morte, em outro hospital.

O pai ia visitá-los diariamente. A mãe em um hospital e o filho em outro. Por um lado, animava-se ao ver a mulher de pé, uma espécie de mamãe coragem, tentando enfrentar aquela situação com a garra de uma mulher paraibana, de fibra.

Claudineia estava tão animada que, vaidosa, chegou a pedir ao marido que lhe trouxesse uma maquiagem. Ela tinha notícias de que Arthur estava se recuperando com muita dificuldade, mas lutando para viver. Ela continuava com aquele desejo de mãe, de carregar o filho no colo, cantar uma cantiga, colocá-lo no berço para dormir.

Arthur continuava dentro de uma incubadora na UTI neonatal do Hospital Adão Pereira Nunes, observado 24 horas por três médicos.

No domingo, 30 de julho, Duque de Caxias amanheceu fria com os termômetros marcando 12 graus nas primeiras horas da manhã. Kleber e Claudineia lembraram que Arthur estava fazendo um mês de vida, mas a preocupação continuava muito grande. Seu estado de saúde agravara mas continuavam com a esperança de que ele conseguiria sair dessa. Agora era uma hemorragia que o ameaçava.

Os relógios do Hospital Adão Pereira Nunes marcavam 14 horas em ponto quando o coração de Arthur parou. A família foi avisada e só restou o choro contido e o silêncio.

Algumas horas depois, sessenta pessoas estavam no Cemitério Nossa Senhora das Graças para a cerimônia do adeus. O caixão com o corpo de Arthur, levado no colo pelos pais até a gaveta de número 22, era inteiramente branco e tinha pouco mais de um metro de comprimento.

O bebê estava coberto de flores e usava uma touca azul, uma touquinha que fazia parte do enxoval de uma mãe zelosa, preocupada com o inverno que se anunciava.

O silêncio era doído no cemitério e só foi quebrado quando algumas pessoas entoaram a canção

Preciso de ti, Senhor.

Na mesma banca de jornal na entrada da Favela do Lixão, no dia 30 de julho de 2017, um mês após a bala perdida ter atingido Arthur, *O Globo* trazia logo na página 3, uma grande reportagem sobre armas de fogo. O titulo era "Febre de tiro" e o olho da matéria dizia o seguinte: Número de brasileiros que obtêm autorização para ter armas de fogo explode no país.

Nesses trinta dias de vida de Arthur, outras 86 pessoas foram atingidas por balas perdidas nos entornos da Cidade Maravilhosa, aquela *Ville Merveilleuse* da escritora francesa Jane Catulle Mèndes.

ALBERTO VILLAS é jornalista e escritor, autor de *Mil Tons, o meu Millôr*.

poema da bala perdida

Queria ver meu filho jogar bola
na praça, qualquer uma
andar de bicicleta num parque
cheio de sombras, vivas
olhar com ele a lua como se ali
flutuasse uma boa pizza
ler os primeiros livros e dizer o
que as palavras ensaiam
tomar sorvete até se lambuzar
de tanto tempo perdido
sem ter a pressa de chegar ao
fim de nada e sempre ir
mais além de sua voz e do seu
suspiro quando a luz se
apaga e nossos corpos são um
só corpo e um só sonho
que nenhuma bala perdida ou
precisa ou exata bem no
momento infinito em que tudo
se desfaz e estanca como
o sangue no meu ventre ainda
pulsando, sem que possa
segurar sua mãozinha delicada
e cantar ainda o acalanto.

REYNALDO DAMAZIO é poeta, autor de *Horas perplexas*, entre outros.

pe(r)dido

Bala perdida ou bala pedida? Na medida? Pedidos. Mas quem fez o pedido? Quem, todos os dias, ainda faz este pedido: Rio de Janeiro, quatorze tiroteios ao dia. Quatorze tiroteios por dia! Disparos a esmo na porta. Da escola, de casa, do bar. Na rua. Na quadra de jogar bola. Bala perdida? Já disseram: "não existe bala perdida se a mira é na favela". Não existe bala perdida se a mira é na favela. E é tão sempre ela. É impressionante, o quanto a gente encontra. Perdida. Nos becos, morros e vielas. Quantas vidas perdidas? Quantos gritos? Quantas mães por chorar? Nunca se calar. Uma delas ainda diz: "ninguém cala a voz de uma mãe. Não é uma bala, um tiro que vai me calar". Não vai calar. Não calar. Essa devia ser a única pedida. E não sangrar. Por mais uma. Bala perdida. Em corpos: pretos, pobres, pequenos. Do morro. Como se diz perdido algo que tem mira certa? Algo que não podemos gritar: socorro. Algo que tem destino certo. Endereço. Porque nunca chove pedidos de balas perdidas em bairros nobres? Copacabana, Leblon, Ipanema. Já imaginou a cena? Alguém todos os dias, mirar: um revólver, uma pistola, um fuzil, para apartamentos e casas do mais caro metro quadrado do Brasil? O sangue escorrer na sala de jantar, no quarto de boneca da filha, na geladeira, fogão, o filho do asfalto tremendo pra se jogar esconder embaixo da mesa, como se corre, escorre no morro desde que foi ocupado? Não, isso não é um pedido. Nem desejo. É uma constatação. Não existem balas perdidas. Todas têm endereço. Uma bala nunca é cuspida, ferro e fogo assim, a esmo. Ela vai certa: no peito, na testa. No centro do coração. Raras passam pelos pés, braços e mãos. Essas balas não estão perdidas. Pergunte a quem morre. A quem diante do caixão chora, faz oração. Elas sabem: têm o mesmo endereço. Mesmo CEP. Mesmo resultado: uma comunidade perdida. Emocionalmente doente. Sofrendo na tragédia e nos traumas. A gente sabe quem dispara. A gente sabe por que disparam. A gente sabe quem morre. A gente sabe quem mata. A gente só não sabe como parar. Deus, como parar? Já foram mil à minha esquerda, dez mil à minha direita. Ao contrário de tua promessa, sou continuamente atingido e fico a sangrar. Vamos achar? Distribuir? Lápis-caderno-chiclete-pião? Sol-bicicleta-skate. Menos caixão. Vamos espalhar balas? Menta, chocolate, iogurte e caramelo. Menos pedidos de balas perdidas e crianças caídas no chão? Mas não. É sempre a mesma pedida. BOPE, PM, Caveirão. Tráfico, troca, guerra às drogas. Polícia e ladrão. Sobe e dispara. Não importa se vê a cara. O rosto. Cospe com gosto. A mesma pedida. A cidade-maravilha. Com endereço certo. Pro choro. Pra vela. Pra estatística na matéria. Pras balas pedidas.

RODRIGO CIRÍACO é educador e escritor, autor de *Te pego lá fora*, *100 Mágoas* e *Vendo pó…esia*.

para o Arthur

Seu nome era Arthur. Ainda não sorria, não brincava, não havia escavado no mundo um espaço para si, não havia experimentado a linguagem nem o gesto, era apenas Arthur, 39 semanas na barriga de sua mãe, crescendo, se desenvolvendo, no vir-a-ser que é começo e promessa, esse tempo estranho que a memória não registra. Arthur. Que terá captado de sua mãe, sua porta-voz do mundo, dentro da parede escura de seu útero? Que haveria mais para ver, para ouvir?

Mundo líquido o de Arthur. Com 39 semanas, os órgãos estão desenvolvidos. Ele acumula gordura para manter a própria temperatura depois de nascer, o corpo se embarreira contra a morte. Mãos e pés se movem; se pudéssemos nos lembrar, se ao menos pudéssemos, ouviríamos agora dois corações batendo, a primeira poesia escrita em líquido aminiótico, tambor do tempo e do desejo, existo, existo, existo.

Falta uma semana para Arthur conhecer Duque de Caxias e o rosto de sua mãe, Claudineia dos Santos Melo. Arthur que é lacuna, que não se construiu homem ou mulher ainda, que não é triste nem feliz, Arthur página em branco, devir, Arthur que um dia amaria e seria amado, que cumpriria esse destino de bestas que somos, sendo bom e ruim, não importa, a vida é mesmo uma passagem efêmera pela imprecisão das coisas.

Ah, Arthur, tantas coisas... mas a bala atravessou seu tórax, perfurou seus pulmões e atingiu sua coluna. Você nem viu de onde veio, abrigado em sua primeira casa. Havia, no entanto, um falo entre sua mãe e o mundo. Toda arma é um falo, Arthur; pega, pega, pá, pá, pá, penetraram em você, em seu sangue e suas vísceras na busca pela aniquilação – de quem, do quê?

Ainda assim, você viveu trinta dias. Não há palavras que possam ser colocadas em sua boca, seria um desrespeito à sua luta, à sua linguagem em construção, ao muito que você era e não era, tão cedo expatriado das possibilidades. A incubadora como campo de batalha, e talvez você ficasse paraplégico se sobrevivesse, e paraplégico sentiria a brisa morna do Rio de Janeiro, talvez, o que seria de você, Arthur? Você gostaria de ver o mar?

Aquilo que não pôde ser pesa a incógnita. Fique registrada a sua morte, 30 de julho de 2017, coração miúdo. Inexiste o seu andar, a sua primeira palavra, toda a geografia do que teriam sido seus gestos. Arthur, bebê, algodão doce, futuro do pretérito. Dupla batida de corações enterrados.

ANITA DEAK é editora e autora de *Mate-me quando quiser*.

dois poemas

Uma confissão de medo
Do alto da pedra mais alta
os pés descalços sobre a rocha
porém ainda em suspenso
não há nada firme
respiro
a defesa do indefensável

•

Dias sem sol viverão todos os dias
Tempo de viver tempo de morrer
encapsulado em dias de falso inverno.
O relevo do mágico suplício
hoje é mais relâmpago que montanha
memória última da impotência
encravada

ROBSON VITURINO é jornalista e escritor, autor de *Do outro lado do rio*.

matança de passarinhos

A infância é um país mágico donde somos todos expatriados pela percepção da morte, ou da crueldade.
Mario Velho da Costa

O bombardeio intenso quase ultrapassou a trincheira trinta e cinco da Zona Norte semana passada... Foi por pouco, pessoal! Aproveitar a trégua, bora lá pegar os cadernos e correr para a escola. Vocês fizeram o dever de casa? No meu horário de vigília, aproveitei para destrinchar aquela equação de segundo grau. Os exercícios de logaritmos — o grande desafio do final de semana —, depois, é claro, de nos mantermos salvos. Corram! Vamos nos escondendo atrás dos carros até chegar perto do portão principal da velha escola. De lá damos a senha — arremesso de três pedrinhas no latão de ferro, lançadas pelo estilingue que capturamos de outra geração — e a Diretora entenderá que é o grupo de alunos que conseguiu chegar hoje.

Atenção, galera, hora de ler os boletins com as novas diretrizes contra a guerra que já se arrasta há anos: aprovada a verba para produzir uniformes com coletes à prova de bala nas escolas dos subúrbios, mas ainda não foi decidido quando serão distribuídos e como as crianças farão para aguentar tanto peso. O projeto piloto será no Rio de Janeiro; e se der certo, será estendido para as cidades mais violentas... entendeu até aqui, pessoal? Não, mas não importa, também não entendi nadica. Continuando: poderosos comemoram no grande salão blindado, com vinho francês e caviar, a grande expectativa, após esforços diversos: o Brasil poderá ultrapassar as grandes potências com a maior população carcerária do mundo. Medalha de ouro é a meta. Eles gritam palavras de ordem: punição é a solução, punição é a solução! E para que não seja preciso investimento na construção de presídios de alvenaria, cientistas internacionais da área de alimentos foram convidados para desenvolverem um mecanismo para que os presidiários sejam empacotados a vácuo para o aproveitamento de espaço dentro da estrutura já existente. Mas um deputado apresentou um projeto de lei para a legalização da execução sumária de bandidos se forem: pobres, índios, negros e outros inimigos do Estado, ele conta com o apoio dos colegas.

Caraca, que piada! Jogue no lixo os jornais, por favor, Patricinha, porque ainda temos papel higiênico.

Avante! Avante!

Correr! Esconder! Escapar!

Todos atentos? Lembrem-se dos treinamentos de tática defensiva: não perder ritmo da corrida de ida e volta no trajeto casa-escola. Já há crianças pegando em armas e não estamos falando dos manos que moram lá longe e que só vemos na televisão. Muitos pixotes. Os morros estão chorando pelas mortes dos moradores, sangram a céu aberto.

Já nos acostumamos a ouvir os sons da guerra pá pá pá pá ... Ok, broders? É preciso saber quando são trovões, pipocas na panela, foguetes ou quando são rajadas. À noite é até bonito aquele colar de fogo cruzando o céu... mas atenção e concentração a todo momento e se o coração disparar e vocês pressentirem a matança, todos para as passagens secretas e abrigos improvisados, vale esconder atrás da geladeira, debaixo da cama, alguns já estão cavando abrigos subterrâneos nas ruas e nas casas, trincheiras pra todo lado.

Uhruuuuu, a escola está funcionando, sinal de trégua!

Vejam, eu trouxe a bola de basquete! Um tesouro. Várias medalhas enfeitam meu barraco. Mas tenho que me esforçar, porque nas mãos do meu pai já não cabem mais calos, minha mãe ainda me chama de "meu bebê", diz que ainda sou nova para isso e aquilo, e à noite ainda me cobre na hora de dormir, me beija a testa e me dá conselho, estude, minha filha, escove os dentes... filha; cuidado, filha, o mundo é feroz. Recebemos treinamentos dos familiares desde muito cedo, como um pequeno exército: correr, esconder, escapar, mas por vezes a bala não está perdida (perdidos estamos nós no caminho das balas), é o campo de guerra que cresce, vale tudo. O chumbo salta de um lado pro outro, mas nesse bang-bang moderno não acreditamos em mocinhos, na hora da luta deles sobra pra qualquer um, fogo cruzado, cada um por si e deus por ninguém. Tanto faz. Assim a vida fica cada vez mais curta, mas ouça, minha gente, o importante é continuar a correr, esconder, escapar, não podemos desanimar. Estamos sempre em fuga.

Correr! Esconder! Escapar!

Vamos, a diretora abriu o portão, deixou uma greta, corram. Ufa, fiz a contagem, não perdemos nenhum pássaro, estamos salvos. Podem relaxar, em escola e igreja eles não entram. Pronto, pessoal, vamos, bebam água para recuperar o fôlego. O dia está dando bons sinais, a professora também conseguiu chegar, teremos aula de história, geografia, português e matemática. Depois, educação física – minha melhor hora. Olha, pessoal, na volta o comando fica com o Tomás, ele assume o meu lugar, cada dia um, multiplicadores das técnicas de defesa nessa guerrilha de sobrevivência. A Síria é aqui, combinado? Não soou alarme, estamos tranquilos, vamos tirar a camuflagem, e vestir os uniformes. Pra sala, bora!

Passe a bola, anda que a cesta é certa. Uhhhhhruuuu, ponto para nós, galera! Hoje estamos com sorte. Vamos lá, pessoal, sem moleza, corre, corre, quica a bola, senão [...] o professor pressente o momento de terror, tenta o toque de recolher, sua voz assume o comando: corram... Rafael, abaixe. Luana, entre no abrigo amarelo. Filó, esconderijo X3. Cadê a Duda, gente?

Fui atingida na asa esquerda, tentei acionar o campo magnético invisível, mas ele não foi testado no nosso território, não funciona aqui, pensei em usar outros superpoderes, estamos cercados, ... Cuidado, Du... pá... cheguei a crer que era um filme proibido para menores de idade, mas a ausência de ternura trouxe a realidade à tona, pá... pressenti que viria uma terceira bala, eu alvo passarinho. Olho a bola parada na quadra. O jeito é virar estrela.

Sou eu que assumo o comando, "miséria pouca é bobagem", mamãe sempre diz. Vamos, pessoal, tentar retornar às nossas casas, vamos fazer a contagem e ver quantas foram as baixas de hoje.

Abateram um colibri.

ELTÂNIA ANDRÉ é escritora, autora de *Manhãs adiadas.*

o voo interrompido

As borboletas do gênero Vanessa *pertencem à família Nymphalidas, são borboletas em geral castanhas, vermelhas e amarelas, suas crisálidas sempre se mantêm suspensas. O gênero Vanessa foi nomeado por Johan Christian Fabricius em 1807.*

Ele segura uma placa onde se lê o grito
Ele segura uma placa onde está escrito o nome de um rio soterrado
Ele segura uma placa incapaz de cancelar a onda de sangue que avança
Ele segura a placa que converte a lei em névoa
Ele segura uma placa para iluminar a treva
QUEM MATOU VANESSA?
está escrito nela
e esta pergunta
ecoa por toda a Terra
Existe uma relação sutil
e sobrenatural entre o voo de uma borboleta
e o movimento das placas tectônicas
no centro do centro do verdadeiro horror
que é como essa onda que avança pela calçada
com dois metros para cada ano interrompido
da vida dessa criança.
Anônimo

MARCELO ARIEL é poeta, autor de *Com o daimon no contrafluxo*, entre outros livros.

em terra

O menino, até ontem, brincava, sem saber que seria seu último dia de ver os amigos, de dizer à mãe antes de dormir, tenho medo do escuro, de fazer a lição de casa, de andar pelas ruelas da Rocinha – aquele trecho do mundo que era todo o seu mundo, mas não o mundo que ele, um dia, almejava fechar com a dupla e estreita fresta dos olhos. Era o que a sua mãe dizia, esmagada pelo pranto, era o que ela contava aos parentes à beira da cova, se é que não contava para si mesma, na tentativa de se dissuadir da verdade de que seu filho, tão novo, se fora definitivamente; ela o chamava de "o meu menino", no entrecortar dos soluços, no repetir o gesto de secar as lágrimas com o dorso da mão, ele dizia que o seu menino nascera numa segunda-feira chuvosa, mas podia ter sido num sábado de sol, pouco importava, ela não lembrava daquele dia senão pelo que aquele dia registrara em seu corpo, o ritmo das contrações, ela pronta para expelir a nova vida, que também se preparava para sair de seu cálido conforto; o seu menino nascera em maio, mas tanto fazia para o mundo, esse mundo do qual ele já se despedira, tanto fazia se fosse em outubro, se fosse num dia santo, porque ao mundo pouco importa se mais um homem vem habitá-lo, o mundo está à disposição para que os vivos dele se sirvam, embora esse desfrute seja também a sua própria ruína, no ato de consumir, seja o que for, somos consumidos pelo tempo – o tempo não é voraz, nem piedoso, o tempo é indiferente em seu passar; mas, como um rio, o tempo se suja com o barro de quem nele se banha, o tempo se conspurca em seu próprio fluxo, o tempo é um líquido que, ao deslizar por um corpo, resulta noutro (tempo); ela dizia, o meu menino nasceu às duas da manhã, podia ter sido às seis da tarde, às onze da noite, mas sendo às duas da manhã esse foi o horário que se fincou na carne da sua consciência, às duas da manhã foi quando a história de seu menino, fora de seu ventre, se iniciou; ela dizia que o seu menino não era diferente de nenhum outro, mas era o seu menino e, sendo o seu menino, não havia ninguém igual a ele para ela, ele era o meu menino, e não importa se eu tenho mais dois filhos, um filho não substitui o outro, o sofrimento novo não ameniza o antigo, uma alegria não sufoca uma dor, pode (quando muito) mascarar a sua face, uma vida não se paga com outra, nem uma morte aceita substitutos; o meu menino teve de se esforçar, como todos para se habituar à vida, o meu menino teve de aprender as coisas mais banais, o meu menino, ela dizia, o meu menino aprendeu a sugar os meus mamilos, a acostumar o seu intestino com leite, o meu menino, quantas cólicas ele sentiu, quanta aflição não provou quando os dentes rasgaram a sua gengiva, o meu menino acordava à noite ensopado de urina, o meu menino sujo de fezes, experimentando a acidez das frutas, o gosto insosso das sopas, o meu menino reconhecendo, aos poucos, o sal e o açúcar, vomitando a bile, regurgitando a carne mal mastigada; o meu menino, ela dizia, como todos, para permanecer aqui, levou no braço as picadas das vacinas e, mesmo assim, juntou no corpo franzino uma coleção de doenças, caxumba, sarampo, catapora, o meu menino aprendeu a ter os bons e os maus sentimentos, o meu menino, para aceitar a vida, se submeteu a tudo que ela exige, o desejo e a frustração, a tristeza e o contentamento, a coragem e o medo; o meu menino, ela dizia, eu ainda tenho nos ouvidos os seus choros de bebê, quase dois anos de choro eu tenho guardados, essa música que cada criatura nos primeiros meses de existência entoa impiedosamente para os pais, o meu menino, ela dizia, desenhava em seu caderno escolar na calçada de casa, quando a bala perdida o encontrou, a bala que poderia ter se metido num muro,

perdidas

ricocheteado nos paralelepípedos, se abrigado no tronco de uma árvore, a bala que veio do revólver de um dos policiais, ou daqueles que eles perseguiam, a bala ali, queimando-o por dentro, e o meu menino sem saber o que se passava, e eu diante do fogão cozinhando o feijão, eu cantarolando, feliz, enquanto o sol se batia na janela, eu toda ignorante, sem imaginar que não estava vivendo um momento de harmonia, sem cogitar que a família contabilizava uma baixa inesperada; a mãe dizia, eles o levaram às pressas para o Hospital Miguel Couto, mas o meu menino se foi, a bala despedaçou seu pulmão, o meu menino, ela dizia, com seus olhos castanhos, comuns, mas para mim tão bonitos, os cabelos encaracolados que o pai lhe deu, o meu menino agora junto ao avô que ele mal conheceu, os dois aqui, meu pai e meu filho; ela dizia, se eu ainda acreditasse em outra vida, em outro mundo, mas não há nada além da morte, ela dizia, se eu fosse uma mulher com fé, mesmo se para ludibriar a mim mesma, talvez eu tivesse esperança de reencontrar o meu menino, mas eu não verei mais o meu menino à mesa, rindo da careta do irmão, eu só posso ter o meu menino em sonhos, mas os sonhos são o que jamais vamos viver, os sonhos são como bolhas de sabão, mesmo os mais resistentes explodem, os sonhos são desenhos que o nosso desejo faz para enganar nossos olhos, os sonhos mentem, ela dizia; eu só posso agora ter o meu menino na memória, mas a memória vive de falhar, a memória se engana, primeiro sem querer, e, depois, por senso de sobrevivência, a memória subverte os fatos, exagera-os, para nos consolar, a memória, antes de nos encaminhar para a demência, ela dizia, tenta nos distrair, contando uma história que não é a nossa, a verdadeira; o meu menino, ela dizia, o meu menino está agora nessa cova, com o avô, e em mim, na altura do meu peito, pode afundar a sua mão aqui, a sua mão me sairá pelas costas, não há mais nada que palpite sob a minha blusa, no lugar do coração há um rombo por onde a vida, daqui em diante, vai me atravessar rumo ao fim, esse vazio é o corredor por onde a minha dor vai se alargar, essa cavidade vai arrebentar (está arrebentando) meu futuro; quanta saudade eu já tenho do meu menino, ela dizia, e, para continuar viva, vou ter de me esquecer dele, vou ter de empurrá-lo para o fundo da inconsciência, só poderei deixá-lo subir à superfície de vez em quando, não há como viver se o rosto dele se tornar uma lembrança maior que todas as minhas perdas juntas, não há como viver se demorar o dia em que, ao longo das vinte e quatro horas, a imagem dele, como uma bolha de sabão, não explodir de repente em minhas lembranças.

JOÃO ANZANELLO CARRASCOZA é escritor, autor de *Trilogia do adeus*, entre outros.

diferenças culturais

Ela era do tipo que só comia a pontinha dos aspargos.
Ele era do tipo que nunca tinha comido aspargos.
– Mas eu só compro quando está em promoção no supermercado Zona Sul – ela tentou consertar.
Ele nunca tinha entrado no Zona Sul.
Conheceram-se na Lapa, um lugar que ela gostava de ir porque ali o Rio pulsava, como disse para ele, imitando com a mão fechada as batidas do coração. Ele gostava de ir à Lapa porque tinha mulher boa e a cerveja era barata. Como naquela noite, em que só podia comprar duas latinhas e a passagem, e bebia tranquilo no boteco quando ela apareceu com as amigas, todas com tanto dinheiro que podiam usar calça jeans furada.
– É moda, ela explicou, dando um gole na cerveja dele.
É babaquice, ele não disse para ela.
Uma semana depois os pais dela viajaram para o sítio em Itaipava. Ele pegou o trem até a Central e o ônibus até a Gávea. O porteiro não quis deixar entrar, ela insistiu pelo interfone.
Não foram ao cinema, não saíram para comer pizza, não caminharam na praia. Foi bom.
– Tô namorando um cara que mora na Penha e toma vinho de caneca – ela disse gargalhando para a amiga.
– Tô namorando uma garota que usa piercing de brilhante no umbigo. Cara, que umbigo – Ele explicou ao amigo.
Ele provou aspargos e achou que era um brócolis metido a besta. Ela repetiu a porção de tripa do boteco no Méier. Falavam-se todos os dias e não se deixavam nos fins de semana, a

não ser quando ele precisava ir embora mais cedo, para ajudar a tia a fazer os empadões que vendia nos corredores da UERJ.

Apresentaram-se os pais. O dela disse tudo bem? sem tirar os olhos do jornal. A mãe tentou sorrir. Depois sozinha com a filha evocou diferenças culturais: não vai dar certo. A mãe dele também não sorriu, por cansaço ou pragmatismo. O pai ele não via desde os 5 anos.

Os amigos dele agora o chamavam de bacana. As amigas dela queriam saber se os negros eram mesmo imensos. Ela fingiu achar graça. Só muito tempo depois é que entendeu a razão de seu desconforto. Entendeu que seria abuso perguntar sobre a potência dos homens das outras, enquanto a cor de seu namorado permitia certas intimidades.

Quando o namoro terminou restaram as cenas. Depois elas se diluíram, como os círculos de fumaça que ele fazia ao fumar, e que também foram esquecidos. Ela andando flutuante pelas ruas do Leblon, as pernas recém-depiladas escondidas sob o vestido da Farm, dizendo confiante que não era clichê ou coxinha. Ele com raiva depois de ler a Veja Rio, dizendo que fazia muito mais do que o cara da foto, entrevistado porque era rico e vendia açaí orgânico. As conversas sobre luta de classes no balcão da padaria Rio-Lisboa, ela conhecendo a Central do Brasil e sendo a única a sorrir no vagão abarrotado do trem. O suco gelado de caju no Mercadão de Madureira, a noite de forró na feira de São Cristóvão, passar a mão que não estava entrelaçada com a dela pelas lombadas dos livros da Livraria da Travessa.

Ele foi o primeiro da família a ter diploma universitário. Pensou sem ser matemático, mas só conseguiu emprego como caixa de uma Casa do Pão de Queijo.

Ela se formou em Direito e queria mudar o mundo. Trabalhou com licitações, depois fez um curso de Belas Artes na Casa do Saber e hoje é decoradora de interiores. Passou uns

perdidas

tempos deprimida, lia manchetes e se angustiava. Era só assalto, violência, corrupção, e sempre mais uma vítima de bala perdida. Pensava sempre nele. O tiroteio na avenida Brasil, o arrastão na Penha, será que ele viu, estava lá, se protegeu? A menina que morreu com a bala no rosto podia ser sua sobrinha, talvez sua filha. Todas as meninas que morriam poderiam ser sua filha. Combinava os olhos das crianças com os do ex-namorado, tinha certezas, pesadelos, palpitações.

Era inevitável, um dia seria atingido. Ele morava no mundo de caos e barbárie depois do túnel, onde aconteciam as violências que chegavam para ela já inofensivas nas notícias do jornal. Ou apareciam organizadas na voz segura e olhos maquiados da apresentadora de TV. Ela estaria para sempre segura, e mesmo assim, ou talvez por isso, se atormentava. Não é mais possível, o Rio está inabitável, é preciso agir, não é justo, é preciso agir. Fez terapia, tomou Rivotril, tentou alguns meses de ioga.

Ela se casou com um colega da PUC. Engravidou este ano e agora acha que o mundo não é tão ruim. Vai para Nova York fazer o enxoval do neném.

Ele não quer ter mais filhos. Organizou os documentos e tirou foto de terno, mas teve o visto negado pelo consulado americano. Se tivesse conseguido estaria no mesmo voo Rio-Nova York. Para nunca mais voltar.

MARTHA BATALHA é autora de *A vida invisível de Eurídice Gusmão*.

outra vida que não essa

Para Maria Eduarda

Foi como um raio sem trovão, só o clarão de cegar, uma chama, um vento frio, como se sente sobre um cavalo veloz, um balanço indo bem alto, um sopro. Quando se percebeu de novo, Duda estava correndo em direção a um campo verde e ensolarado, com muitas árvores, folhas e flores coloridas. Ao se dar conta da nova paisagem, ela reduziu o passo, não entendeu porque corria se já não tinha pressa. Era uma menina e ao seu redor o mundo era colorido e paciente.

Duda parou de correr, mas sua respiração continuou ofegante. Não era só o corpo se recuperando, era outra coisa. Estava nervosa, sobressaltada, ferida, sabia de tudo isso, mas não via sangue, nem via dor. Ao redor só um campo tão colorido e nítido que podia ser uma pintura, mas uma pintura que suavemente se movia.

As flores também balançavam ao vento, mas eram as folhas que pareciam dançar, seguindo uma coreografia insistente, pendendo-se ora para um lado, ora para outro. As palmeiras imperiais tinham folhagem densa de um verde aceso como neon, mas caules minúsculos, talvez um quinto do tamanho dos de uma palmeira imperial de praças de poder, onde Duda pensou já ter estado alguma vez. Aquelas palmeirinhas eram engraçadas. Pareciam sorrir para Duda.

Bem verdade, nada ao redor era exatamente familiar. Pelo colorido e pelo tamanho das pétalas, as rosas nem pareciam reais. Mas eram. Ou ao menos cheiravam como se fossem. Duda se deteve em frente a uma das roseiras de rosas gigantes para sentir aquele cheiro adocicado de morte com os olhos fechados, pendendo os braços para trás, leve como se dela se desprendessem pétalas. Duda sabia que as rosas são as rainhas do jardim, as magnificentes, as únicas inalcançáveis.

Mas a flor que Duda amava mesmo era a de lavanda. Apenas em lembrar, quando reabriu os olhos, ela viu crescer diante dos seus pés um enorme campo de alfazema. Seguiu então movida pelo perfume, pressionando delicadamente a ponta dos dedos às flores pelo prazer de ter aquele cheiro impregnado à pele. Foi quando pensou na sua mãe, e sentiu o perfume de talco e pó compacto, algo doce, algo seco. Duda entendeu que nunca mais abraçaria sua mãe de novo.

Resignada, parou ali e deixou-se cair sobre os joelhos, estava pronta para chorar, mas nesse momento percebeu que à sombra dos pés de lavanda algo se movia coletivamente, marcando o solo com círculos. Se ainda fosse a mesma menina de agora há pouco, entenderia tratar-se de um coletivo de formigas construindo seus fortes. Mas diante do inexplicável, decidiu aproximar-se ainda mais deitando de bruços no chão de terra, apoiando o rosto nos punhos cruzados e concentrando o olhar no que não conseguiu nominar. Era sim um coletivo, mas não de formigas. De perto, bem de perto mesmo, Duda pôde enxergar um baile. Mini pessoinhas a bailar alegremente, vestidas em seus melhores costumes, brindando e celebrando sem se dar conta de que poderiam todas ser esmagadas por um único pé de Duda, ainda que acidentalmente. A menina relembrou a mãe, e de novo quis chorar, mas diante da alegria sublime daquelas criaturinhas insignificantes e ingênuas, ela sorriu.

A essa altura, Duda começou a sentir-se parte daquele baile. Deitada agora com as costas no chão, olhar voltado para o céu, ainda a sentir a festança ao seu lado e toda a lavanda perfumada em volta, ela pensou que poderia viver ali.

Por um segundo, pensou pertencer àquele lugar, seja lá onde estivesse. Mas bem nesse momento, com o fôlego enfim recomposto, ela viu no céu uma mensagem. Duda pensou que fosse uma mensagem aquele mover apressado das nuvens, a tinta branca na tela azul, e esperou pelo formato que fizesse sentido. Mas nada parecia coerente por muito tempo. Os desenhos não se concluíam, estavam em permanente movimento, e quando enfim pensou ver um urso gigante de olhar melancólico, o vento soprou mais forte e o que pareciam orelhas agora eram ondas do mar, que já então pareciam repetir o formato de enormes falésias, estalactites e estalagmites, um pássaro de longas asas, um caminhão, o perfil de uma linda mulher, um gigante sentado, um cavalo cavalgando, um disco voador, e já nada mais compreensível. Duda desistiu de tentar entender.

Levantou com calma e escondeu a face entre as palmas das mãos, na esperança de que ao erguer o rosto tudo estivesse normal. Não estava. Mas ao menos ela pôde localizar-se melhor. Notou-se no alto de uma montanha com vista para o muito longe. Um pouco abaixo, viu ondas espumando na areia. A visão de uma praia e o cheiro de mar acalmaram Duda. Finalmente ela sabia o que esperar. Enfim sentiu-se em uma outra vida que não essa.

> *Maria Eduarda Alves da Conceição, 13 anos, foi baleada e morta no dia 30 de março de 2017, dentro da Escola Municipal Daniel Piza, no Rio de Janeiro. Maria Eduarda de Barros, 9 anos, foi baleada e morta no dia 18 de julho de 2008, em Recife. Maria Eduarda Cavalcanti Romano, de 14 anos, foi baleada e ficou tetraplégica em março de 2008, no Rio de Janeiro.*

MARTA BARBOSA STEPHENS é escritora e crítica literária. É autora de *Voo luminoso de alma sonhadora*.

Vanessa, que não chega

Vanessa acorda contando. Hoje foi cinco. Cinco dias para seu aniversário.

A casa acorda com ela. O sol ganha permissão para entrar pelos tijolos, o pai deixa de andar na ponta dos pés. O café tá coado, mas ela não toma. Prefere o da escola, com leite. Dá um pulo da cama e veste o uniforme. Faltam cinco dias, pai! Bom dia, minha filha! Se abraçam. Sempre foi agarrada. Tô indo, mãe. Cadê o beijo? Te espero.

Zé calça as botas de borracha. Vamos, Vanessa! Duas conduções. Obra longe. Pegou para ganhar um dinheirinho a mais para a festa e o presente. Homem bom, o Zé, tem a filha como sua princesa. Não temos luxo, mas faz o que pode. Trabalho não mata ninguém, mulher. Por ela, faço o que for preciso.

Eles saem pela porta e descem o morro. Desse tamanho e ainda de mãos dadas com o pai! O Zé, eu só vejo agora à noite. Vanessa, daqui a pouco tá de volta. Lembra que você combinou de irmos comprar as coisas da festa na cidade, mãe? Sim, depois da escola. Vai, que seu pai tá te esperando. Faltam cinco dias! Te espero.

O dinheiro, o Zé tirou do salário para repor com o extra. Não é muito, tá na gavetinha, compre o presente que ela escolher. Vanessa pediu para fazer uma festinha e chamar as amigas da escola. Não são muitas, pode? Vou conversar com seu pai. O dinheiro é suficiente para o bolo, os refrigerantes e o presente. Posso ir comprar junto, mãe? Pode.

Eles saem pela porta e deixam o silêncio. Tenho que me apressar com as tarefas da casa. Varro, limpo, lavo e preparo o almoço. Sento numa cadeira e espalho os grãos de feijão sobre a mesa. Começo a separar os que vou cozinhar para a janta. Escuto a porta se abrir às minhas costas. É Vanessa, que chegou da escola. O almoço tá pronto, filha.

Mas não é. O que você está fazendo aqui, homem? Zé tem o rosto sujo e os olhos vermelhos. Apoia a mão na mesa, arrasta outra cadeira e cai. Preciso te contar uma coisa. As palavras tremem nos lábios. O que foi, Zé? Preciso te contar uma coisa. Se treme todo, o rosto sujo. Ele fala, enquanto continuo a separar os grãos. Deita a cabeça sobre a mesa, treme ainda. Os grãos dançam. Estou começando a ficar preocupada com a Vanessa, Zé. Ela já devia ter chegado da escola.

Ele ergue o rosto, sujo, e olha para mim. É sobre a Vanessa que te contei. Ela já devia ter chegado, Zé. Ele se levanta. Preciso que venha comigo. Não posso, estou esperando ela para irmos à cidade comprar as coisas da festa. Eu prometi que a gente iria depois da escola. Faltam cinco dias! Ele sai pela porta, sozinho.

Posso escolher o meu presente? Pode. Te espero para irmos comprar depois da escola. As horas passam, o sol se retira na ponta dos pés. Onde está Vanessa? Estou preocupada.

Zé volta pela porta, sujo e vermelho. Vem acompanhado de parentes, vizinhos e não-sei-quem, que enchem a casa, escura e barulhenta. Uma vela é colada em cima da mesa, e a chama dança juntos aos grãos, enquanto circulam, sussurram, rezam. Seja feita a Vossa vontade, assim na Terra como no Céu.

Eles giram em volta da mesa, para se desmancharem em seguida onde não é luz. Me tocam a cabeça, os braços. Preciso que venha comigo. Enquanto circulam, sussurram e rezam, dizem venha comigo. Mas não posso. Tenho que ficar aqui esperando para irmos à cidade comprar as coisas da festa. Eu

perdidas

prometi que a gente iria depois da escola. Posso contar os dias pro meu aniversário, mãe? Pode, agora dorme com Deus, minha filha. Eu prometi para ela. Pra Vanessa, que não chega.

SÉRGIO TAVARES é escritor, autor de *Cavala*, entre outros

noturno

Chove um pouco e a goteira começa a surgir pelo teto.

Está escuro e ninguém aparece na sala para ver o que está acontecendo.

Quando amanhece, a moça acorda com o barulho dos pingos que ainda insistem em cair. Lava o rosto e senta no sofá. Deixa a água pingando e manchando o chão vermelho de cimento queimado que está por toda parte do pequeno cômodo.

Talvez ela não saiba, nem lhe importava naquele momento, com toda confusão que pairava em sua cabeça, nada era mais necessário do que sobreviver.

A casa museu de Leon Trotski, em Coyoacán, na Cidade do México, também tem um chão vermelho como o seu, sobre a cama dele há um chapéu e uma bengala. No armário, seu pijama favorito, algumas roupas e os sapatos da companheira Natália Sedova. Tornou-se um dos museus mais tristes do mundo. Estão depositadas naquele jardim as cinzas do revolucionário russo, assim como as de sua companheira. Ali, em agosto de 1940, o catalão Ramón Mercader desferiu o golpe de picareta na cabeça que mataria o segundo do triunvirato que comandou a Revolução Russa em 1917.

Stalin não só perseguiu Trotski até o México como dizimou quase toda a sua descendência: só restaram dois netos.

Na casa da moça que não sonhava sequer saber quem era Trotski ou Stalin, muito menos saberia algo sobre o nazismo, comunismo, a tristeza era acompanhada de um silêncio fúnebre.

O chão vermelho com as manchas de água da goteira, outrora estava encharcado de sangue. Sobre a cama do pequeno quarto vazio, intocado, há um uniforme de escola da filha. No armário, seu vestido preferido, algumas sandálias rasteirinhas e um par de sapatilha de balé, que era o seu grande sonho, tornar-se bailarina do Theatro Municipal do Rio de Janeiro. Igual àquela moça da televisão, como é mesmo o nome dela Jandira, a mãe perguntava toda orgulhosa para a vizinha, que viera lhe abraçar.

– Ana Botafogo, respondeu Jandira, emocionada.

Que pezinhos pequeninos, olhavam-se e sorriam. Na mesinha em frente à cama, um espelho cheio de fotos xerocadas, tudo dá a impressão de ser triste. Mas as fotos mostram uma menina cheia de sonhos, feliz, que em volta de tanta falta de esperança, o que lhe transbordava era o amor.

A mãe abriu a gaveta, olhou pela milésima vez assim por cima, que era para não chorar.

O que restou é um álbum, a carteirinha da escola, um bilhetinho amassado que as amigas lhe deram quando fez dez anos, e que ficou guardado dentro da gaveta como forma de conservar o carinho. No futuro, vou lembrar de cada uma delas, a menina havia escrito abaixo das declarações das amigas.

A goteira continua pingando na sala, não é a casa de Trotski, nem mesmo na Cidade do México. Não é o nazismo. É o Rio de Janeiro. É a casa de uma das vítimas da violência que assola as crianças desse país, é a casa de uma mãe que não dorme, que liga a televisão e fica perplexa. Seu rebento já era. Atingido em cheio pela brutalidade de duas balas que lhe acertaram a cabeça e o tórax, dentro da própria casa. São tantos nomes, poucas idades, fotos no jornal, manchetes que abalam a moral da sociedade.

A imagem da televisão.

A sala muda.

A imposição do medo.

Quando os tiros pipocam lá fora, resta deitar, fechar a porta com os trincos novos, para que ninguém mais venha arrombar com tanta facilidade outra vez e, orar.

Ninguém mais viu a menina bailando pela sala.

Quando eles entraram, o único som que se ouvia lá dentro era a melodia triste de Chopin:

Nocturne.

Cai a noite...

ALEX ANDRADE é escritor, autor de *As horas*.

um dia da bala, outro do supervivente

Bala soft bala de goma
Bala perdida
Atravessa o ventre
Destemida.
Corta rente
O resto da vida

Mãe em coma
Criança ferida
Criança perdida
Bala no estômago
O resto da vida

Gira o baleiro
Um tiro dispara
Uma bola de gude
Para abrupta
Sem certeza de nada
Outra bala perdida
Rola no chão pardo
Da casa vazia

Você o resto da vida

Mocinho e bandido
Corre-corre
Pega-pega
Queimada
Vivo ou morto

Cabra-cega
Mata sem pensar

Você o resto da vida

Bala toffee bala de fel
Bala engasgada
Só não cospe
Quem já morreu

Você

PAULA FÁBRIO é escritora, autora de *Um dia toparei comigo*, entre outros.

poema de escola

o brasil é o país do futuro
o brasil é o país do faturo
o brasil é o país que fatura
o brasil é o país de fratura
o brasil é o país nascituro
o brasil é o país que se fura
o brasil é tão belo e seguro
o brasil nem precisa de muro
o brasil tem a pele que é escura
o brasil pensa que ela é impura
o brasil, varonil prematuro
o brasil cabe na viatura
o brasil tem idade de escola
mas prefere matar, matar aula

HENRIQUE RODRIGUES é autor de *O próximo da fila*, entre outros.

bala perdida!

– Onde?
– Ali no Lins. Agorinha mesmo. Não ouviu os tiros não?
– Claro que ouvi. E não é isso toda hora? De dia e de noite?
– Teve morte. Uma menina, tadinha. Tão novinha.
– Deus tenha misericórdia.
– Fim do mundo.
A tia gritava.
– A menina tá aí dentro! Deixa eu pegar ela!
Eram dois lados de homens com olhos vermelhos e sangue quente. E as balas voavam aladas procurando onde repousar. A menina sozinha no meio. No meio da sala. A mesma sala onde ela costumava assistir à novela, sentada no sofá. O pai descansando os pés em cima da mesinha. Isso lá no passado. No presente era só ela mesmo. Sozinha. E nem era novela.
A menina ouviu o grito da tia.
– Já vou! - responde. - Vou calçar o chinelo!
A bala achando caminho no crânio, manchando os anéis do cabelo. A tia em choque cuidando em não pisar na massa cinza espalhada no chão. Corre com a menina no colo. Os olhos e a boca gritando. Mas a menina já estava longe. Onde bala não alcança, nem se quiser.
O casal jantava enquanto a televisão escancarava a vida/morte da menina, entre comercial de shampoo e carro importado. A mulher secou as lágrimas na manga da camiseta. O homem balançou a cabeça. O pai da menina também chorava, do lado de dentro da televisão.
Lá longe, onde os homens poderosos moravam, a menina virava estatística só pra não passar despercebida no meio de tantas outras vítimas de balas perdidas. Balas perdidas, que

acabavam se encontrando em costelas, barrigas, peitos, pernas ou cabeças de meninas. As balas sempre acham um lugar pra morar.

Milhares de pontos coloridos desenharam o rosto da menina na tela. A tia gritava a história da menina pros homens importantes que nasceram sem ouvidos. O pai levantava um cartaz com o nome da menina pros homens importantes que eram cegos. O casal via e ouvia. E parecia que aquela era uma história antiga. Seria reprise? Ouviam pipocadas de tiros sem saber se era na televisão ou do lado de fora.

Terminou o noticiário. A mulher se lembrou da encomenda importante que precisava aprontar pro dia seguinte. Ainda faltava pregar o zíper branco no vestido branco. O homem, cansado, cochilou no sofá. A cidade mergulhou no anonimato diário. A lua brilhou porque não conhecia a história da menina, nem da bala que chamavam de perdida, mas que tinha mesmo era o nome dela.

DAÍLZA RIBEIRO é autora de diversos livros infanto-juvenis e de contos.

balada da espúria interdição

A realidade é essa coisa sórdida e bruta.
Samuel Rawet

Fortuita,
a bala
alada,
como um bólido desnorteado
(cápsula viajante conduzindo o veneno das Parcas)
com seus tentáculos de fogo e aço
penetra o ventre da noite
para no ventre de minha mãe
decretar a noite impune e indissolúvel,
grilagem do meu minifúndio de aconchego
(feto recebendo a compulsória visita do metal homicida).

A vida que poderia ter sido e não foi
encontrou na áspera oficina do tempo
a interdição por clandestina sentença.

Perdi-me na procela de sangue
que, tão cedo, naufragou-me
numa placenta espoliada
pelo acaso semeador de ocasos.

Espúrio o caminho
que o projétil alucinado desenhou
no céu inflamado pelo neon da vindita:

sequer ousou conceder-me
a promessa da aurora.

Deu-se à luz
uma escuridão absoluta,
essa filha tirânica de Chronos
soletrando cárceres
na boca do (meu) destino
esbulhado.

A violência – meu grande ladrão –
roubou-me de mim
ave alvejada em pleno voo
na infame coreografia
daquele disparo
usurpando o horizonte
abortando-me na antemanhã.

Acordei no dorso sórdido das trevas
na desolada presença do real
esse arsenal de impossibilidades
sem poder (re)conhecer
[agora no coração da vertigem
hóspede de trágico desfuturo
fortuna estatística dos obituários
anjo albergado na necrópole]
o que seria um verdadeiro
amanhecer
na geografia do íntimo desgosto.

Quiseram-me com nome de rei,
mas a sina de ser súdito da barbárie
necrosou toda a biografia.

RONALDO CAGIANO é autor, dentre outros, de *Eles não moram mais aqui* e *Observatório do caos*.

perdidas

Vanessa

As quatro batidas tímidas se alastraram em poucos segundos pelo vidro da porta, até virar silêncio. Na panela, o extrato de tomate borbulhava. As salsichas logo seriam despejadas ali, para depois se juntarem ao macarrão, que descansava no escorredor. Aurora cuidava de fatiar a cenoura. Gostava sempre de pôr um legume na comida. Melhora a pele, faz baixar o colesterol.

O almoço esperava Vanessa. Era comum a menina sair da escola e parar em algum canto para papear com as colegas de turma antes de subir a longa ladeira da Rua Maranhão. Estava naquela idade em que a adolescência, para além do corpo, começa a se insinuar em palavras novas.

"O Araketu/O Araketu/Quando toca/Deixa todo mundo/Pulando que nem pipoca", o micro system da sala vibrava em alto volume, enquanto Aurora despejava as cenouras na panela, misturando ao molho. O cheiro já chegara à sala e ao solitário quarto da casa. Ela só pôde notar que havia alguém à porta porque o CD parou de girar. Novas batidas, dessa vez mais firmes. O vidro estremeceu.

Panela em fogo brando, pra não queimar o almoço, e um "já vai" precedeu a corrida até a entrada.

– Quem é? – perguntou, cautelosa.

– É a casa da Dona Aurora?

Vanessa nasceu há onze anos, quando o casamento de Aurora e Luís já contava três. Ele desejava um menino, para ensinar a assentar tijolo e torcer pro Flamengo. Aurora só pedia que viesse ao mundo com saúde.

Herança do avô, a casa da Rua Maranhão ganhara um pequeno berço lilás. Luís comprou o móvel de segunda mão e caprichou na pintura. Parecia novo.

De lá para cá, o tempo correu veloz. A bebê de músculos frágeis e choro fácil tornou-se uma estudante com uniforme e notas medianas. Vanessa sonha fazer a faculdade de Odontologia, abrir um consultório no Méier. A mãe costuma dizer que dentista ganha bem e é uma profissão bonita, que põe sorriso no rosto das pessoas. Para Luís, um curso técnico bastaria. Mas no íntimo ele se orgulha dos planos da filha. Passa os dias misturando cimento e levantando laje para fechar as contas da casa. Aos domingos, gasta uns trocados no bar de karaokê, que fica a duas quadras da casa. Queria, no fundo, ser cantor. Costuma apostar suas fichas em "Smell like teen spirit", do Nirvana, embora não saiba quase nada de inglês. Se exagera na cerveja, encontra o quarto trancado. Aurora não perdoa. Luís protesta, grita, soca a porta. Acaba acordando Vanessa, que invariavelmente chora. O sofá da sala então se transforma em bom lugar para passar a noite.

– É sim. Quem deseja?
– Cabo Oliveira, do 3º Batalhão.
– O senhor quer falar com o meu marido?
– Posso entrar, por favor?
– Ele tá no trabalho. Uma obra no Engenho de Dentro. Volta lá pelas cinco.

O trajeto entre o Colégio Estadual Antonio Houaiss até a casa da família não chega a quinhentos metros. Desde o último aniversário, Vanessa vai e volta sozinha da escola. Às vezes, faz a caminhada ao lado do Lucas, que mora mais para o alto do morro e também está na sexta série.

Vanessa adora o piso de paralelepípedos e a visão que se descortina a partir da ladeira. Da porta de casa, de manhã cedinho, vislumbra o emaranhado de construções encravadas no mato, as paredes de tijolo sem pintura – ao fundo, os prédios avarandados do Lins de Vasconcellos. É como se ela morasse em outro bairro, um ponto ferrugem e verde isolado sob o céu da cidade. À medida que desce, as cores mudam.

A mãe não sabe, tampouco o pai, que Lucas acha Vanessa a garota mais incrível da Boca do Mato. Os cabelos crespos, quase sempre amarados no coque, a mania de falar "tipo assim" antes de todas as frases.

Vanessa o tem como amigo, nada além. Para ela, o garoto mais incrível da Boca do Mato é, tipo assim, o Beto, que já está no primeiro ano do Ensino Médio e compõe rap. Ela sabe que em breve ele vai acabar os estudos no colégio. Que ele vai fazer faculdade, trabalhar com o tio no comércio ou ficar rico com seu canal de música no YouTube.

Além de gostar do Beto, Vanessa gosta de ouvir a Anitta, de tomar sol e de comer pastel de carne – mas tem que ter ovo cozido no recheio.

– É com a senhora que preciso falar. Posso entrar?

Aurora assentiu, mostrou o sofá.

– Obrigado. Não vou demorar nada.

– Então... O que o senhor deseja?

– A senhora é a mãe da Vanessa da Silva, correto?

– Sou, sim. Ela se meteu em problema?

– Não, senhora. É que houve uma troca de tiros e infelizmente

MARCELO MOUTINHO é escritor e jornalista. É autor de *Ferrugem*, entre outros.

Carolina

A menina Carolina gosta de contar a vida no caderno. Anota no diário o cotidiano de tantas Marias como ela, Carolina Maria também. Mas sente cada dia descrito nas palavras desenhadas com capricho nas pautas paralelas do papel. Cada um deles é seu particular. Igual, mas diferente do de todo mundo, que é ela quem observa os perigos das ruelas escuras onde vive. Preserva-se. Ela não tem amor profundo nem deixa ninguém escravizá-la. Vive assim meio bicho gato. Gata. Carolina Maria já não é de Jesus. Ele partiu dali quando partiram todos os santos comandando a retirada, no dia em que a favela virou comunidade, os quartos de despejo agora de alvenaria. Carolina Maria de Ninguém.

Quando o sol desliza-se para o poente e a noitinha cobre de cinza o passeio, a menina que é também Carolina, Carolina Maria de Ninguém, esgueira-se rápido no caminho de volta. Segue em frente detestando as gracinhas que ouve:

- Oh, Carol, quero seu amor!

Os rapazes assanhados com as curvas que prometem, embora sejam ainda apenas sugestões de carnes futuras. Vivemos em um mundo de colheitas antecipadas. Difícil alguma coisa amadurecer. Sem seu colar de coral, Carolina corre por entre as colunas da colina, favela-comunidade. Escapa dos desejos antecipados. Alva ao lírio, o medo cobrindo de cal o rosto da menina.

Em casa, barraco úmido e abafado, ela escreve no diário. Fala de quem, como ela, entrega a vida aos cuidados da vida. Tem época que é o sol que predomina. Tem época que é o frio.

Agora é a vez da chuva. O trovão apavora. Um tiro mais grosso, demorado, retumbante. Não os estalos secos trocados entre rivais do tráfico, verdadeiros traques. Foge da goteira que pinga em suas palavras. Gotas indesejadas de realidade. Nua, crua, a solidão sem poder buscar quem mora longe. Carolina Maria de Ninguém é mesmo de ninguém. Vive sozinha ainda menina. Ela e o diário com quem conversa. Os dois amigos. Se vive ali e não gosta, precisa sonhar que vive em outro canto. Um lugar mais residível.

E então estia, os barulhos da natureza acabam, ela quase se tranquiliza. Quando vai para o leito recolher-se, contudo, o sono custa a chegar. Olhos arregalados, Carolina Maria de Ninguém não conta carneiros. Por uma fresta da janela improvisada consegue perceber os clarões dos tiros de metralhadora. Lindos! Riscos pontilhados no céu. Uma rajada, duas rajadas, três... Adormece sonhando com bife, batata frita e salada. Feliz. Melhor ter apenas ar no estômago que uma bala perdida.

RICARDO RAMOS FILHO é autor de *O livro dentro da concha*, entre outros.

domingo maior

Aos treze anos, ele já havia morrido várias vezes. Então ela só começou a pensar que era mais uma quando a luz do domingo já anunciava seu fim. O cheiro do almoço deixando a casa. As janelas da vizinhança se acendendo com Faustão. A voltagem oscilando com tantos chuveiros ligados por mães banhando seus filhos, mães banhando-se para o culto, ela mesma adiando o banho à espera do filho, abrindo a geladeira por uma cerveja, mais uma cerveja; já há umas boas semanas as vizinhas não a chamavam para seus rituais.

O velho temor pelo filho reacendeu quando ela dava um gole no copo baixo, com o olhar perdido no crepúsculo. Percebendo a sala já escura, adiantou-se para o interruptor. Um susto. O filho se postava na porta de casa, tão lindo quanto sujo.

"Menino... assim você me mata!"

O filho sorriu, a bola embaixo do braço, a camiseta encardida, o Incrível Hulk, a franja longa grudada na testa. Fedia a filho.

"Guardei um picadinho..."

Ele seguiu até a mesa dando embaixadas. "Tem guaraná?"

Ela ligou o forno para esquentar o prato e abriu a geladeira. O último gole do litrão que tinha guardado para ele. Viu o cão comendo da tigela num canto e se sentiu um pouco culpada por ser a mesma comida que servia ao filho. Foi até a mesa, passou-lhe o refrigerante, acariciou-lhe os cabelos e beijou-lhe a testa, a cicatriz na testa. "Curtiu hoje, meu filho?"

Ele meneou. "O campinho hoje estava todo tomado pelo pessoal da 23. A gente teve que ficar lá nos fundos da vila. Uma porra..."

"Ei!" a mãe ralhou.

O menino suspirou. "Mas eu vi o pai..."

"Seu pai? Você falou com ele?"

"Ele veio falar comigo..."

A mãe arrepiou-se com a lembrança do fantasma do Natal passado, Páscoa passada, tantos dias santos e feriados desperdiçados.

"Perguntou de você..."

"Afe..." Ela se afastou, em direção ao forno.

"Falou que está com saudades, mãe."

"Seu pai sempre fala isso, em dia de domingo, depois de beber. Em dia de semana, na hora de trabalhar, ele não existe."

O menino suspirou novamente. A mãe tirou o prato do forno, levou até ele. "Cuidado que está quente", mas não estava muito. O dia havia acabado, já estava escuro, mas ela não se preocupou mais em acender a luz; sentou-se ao lado dele e ficou observando o filho comer com apetite. Lembrava um pouco o marido, lembrava um pouco ela mesma, era um menino que ela havia amado por toda a vida, que quase lamentava amar para sempre, porque para sempre ela iria sofrer.

"E como está seu pai?"

O menino deu de ombros. "Igual. Está mais gordo."

"Seu pai nunca se cuidou. Acha que pode viver igual moleque para sempre. Mas o tempo pesa. Ele te pediu dinheiro?"

"Não, mãe."

"Sério, não pediu nada?"

O menino não respondeu e sua negativa foi apenas um lento balançar de cabeça que acompanhava o mastigar, como o cachorro comendo da tigela, até ela perceber que o cachorro não balançava a cabeça ao comer.

Eles assistiram ao resto do Domingão juntos. E depois ao Fantástico. E a um filme de ação com tiroteios que não soavam nada como a vida real. O filho sempre no colo da mãe. Fedendo. A cabeça na coxa. A coxa dormente. Os cabelos en-

perdidas

gordurados. A mãe acariciando-lhe para dormir. Até que ela mesma caía no sono e obrigou-se a levantar.

"Vou para cama, filho. Acabando esse filme, tome um banho e vá dormir. Que amanhã você não pode perder a hora."

Deu mais um beijo na testa, na cicatriz. Seguiu para o quarto e o filho a chamou:

"Mãe..."

"Oi, filho?"

"Mãe, tá doendo..."

Ela voltou até ele. Ele se levantou sentando no sofá. "Aonde?" Ele apontou para as costelas direitas, para o furo na camiseta. "Deixa eu ver."

Ele tirou a blusa. E por um instante ela estranhou aquele homem, menino, aquele menino de peito nu no sofá. O corpo eterno mutável que ela conhecia, que ela não reconhecia, um homem a mais, cada vez mais, cada vez menos menino, já com uma trilha de pelos descendo do umbigo. E então a mancha de lama, de sangue, o ferimento entre as costelas; era preciso limpar.

"Vou pegar o mertiolate."

No banheiro, band-aid, água oxigenada, nada de mertiolate. Água oxigenada deveria funcionar. Papel higiênico. Voltou à sala, ao filho, ajoelhou-se entre as pernas dele. "Isso deve arder um pouquinho..."

A cada esfregada da mãe, ele se retesava um pouco. Mas não gemia, não protestava, não chorava nem gritava como fez tantas vezes, quando era menor. Ela se lembrava dos joelhos esfolados, aquela pele tão macia que parecia não ter sido feita para as penitências desta vida. Agora espiava e não os reconhecia, os joelhos, tão rígidos, já cobertos por pelos dispersos, não reconhecia nem as cicatrizes. Voltava o olhar ao ferimento. Era ao mesmo tempo um corte, um furo e uma queimadura. Essas coisas que só um menino consegue. Buraco de bala. "Já vai melhorar."

Ela se levantou e olhou para ele. Ele olhou de volta e parecia segurar lágrimas. Ela poderia pegá-lo no colo novamente e estimulá-lo a cair de fato no choro, no sono, mas tinha medo de que isso revelasse de vez um estranho em sua sala. Mais do que o menino que ele outrora foi, um estranho em sua casa. Não havia razão para drama. Ele já era um menino grande. "Vai ficar tudo bem."

Ela deu as costas e seguiu para o quarto. Olhou para o terço e lembrou-se de deixar de rezar. Estava tão cansada, tão cansada, tão velha; tinha certeza de que se olhasse para o espelho não reconheceria nem a si mesma. Os anos se passaram e eu me perdi. Os anos se passaram e eu perdi meu filho.

Deitou-se na cama ouvindo apenas as vozes da dublagem na sala. Deitou-se na cama e implorou por adormecer ouvindo a dublagem. O filme alongando-se no Domingo Maior, uma madrugada infinita, uma tristeza sem fim. Ela implorava para que nunca terminasse esse filme. Que nunca chegue a segunda...

SANTIAGO NAZARIAN É escritor, autor de *Biofobia*, entre outros.

ala infantil

Acordou na estufa com o maxilar trincado
Outro menino estava de bruços
E não acordou
O que chegou enrolado na manta talvez não ande
Uma menina nasceu no corredor
A cabeça demorou a descer
Lacerou a mãe
A que zela o filho na estufa ordenhou leite materno num copo
E jogou na pia do lavabo
O caixão branco mede trinta centímetros
O pai não vem, está em outro, de outra cor
Anteontem trouxeram mais terra
Para cobrir um canteiro nos fundos
Tem cebolinha e hortelã

ANDREA DEL FUEGO é escritora, autora de *Os Malaquias*, entre outros.

chapeuzinho vermelho

para ler ao som de sirenes ou fogos de artifício

era uma vez um menino quase doze anos de idade não o melhor nos jogos com bola tampouco na escola apenas uma criança como as demais da comunidade pobre carente sua mãe deixava toda manhã sua irmãzinha aos cuidados da avó para trabalhar ele a trazia de volta pra casa todas as tardes após estudar ia com seu boné vermelho presente do pai havia muito tempo ausente dele quase nada lembrava a avó morava afastada carecia atravessar labirintos ruas vielas quebradas da favela onde nasceu e crescia conhecido de todos talvez de lá nunca saísse quem dera viajar ver coisas distantes cantar dançar abre alas tamo passando orgulho preto manas e manos escrever desenhar sonhava ladeando muros grafitados deixa eu fazer minha arte deixa eu fazer minha parte paredes pichadas seja marginal seja herói trocando ideias camaradas com os moleques soltando pipas leia o livro que lhe emprestei lembrou um dos professores da escola olá para o dono do bar onde vira seu pai pela última vez o pastor da igreja que sua mãe frequentava com ele brincou vai chapeuzinho vermelho visitar a vovozinha cuidado com o lobo mau escondido na floresta chapeuzinho é a vovozinha aprendeu a rebater rindo acostumado com a ladainha de sempre sabendo não haver lobo nem floresta sequer uma árvore ou praça apenas cães gatos ratos convivendo dentro de certa harmonia conforme possível sem ilusões tudo impraticável nada reverdecia nada continua ninguém é cidadão todos cientes dos caçadores armados sorrateiramente surgindo no rastro dos lobos sabidos de todos chapeuzinho não temia as feras eram domesticadas a seus olhos e ouvidos bastando um olá tudo certo beleza bom dia chapeuzinho cumprimentava igualmente caçadores que por acaso surgiam tudo certo firmeza bom dia que eles tão de farda pra atacar não pra proteger seguindo contente a caminho do abraço da avó das janelas e lajes saíam vozes clementinas artilharia de versos irados gestos indigestos indignadas coreografias não sou o último muito menos o primeiro a lei da selva é uma merda e você é o herdeiro cantava vestido com as armas de jorge repetia distraído na área de repente tomada por dezenas de caçadores rastejando feito lagartos invadindo disparando gritos estampidos zoeira alcateia uivos latidos chapeuzinho procurava uma árvore uma árvore um abrigo uma porta um canto enquanto corria cambaleando atingido por dor que não conhecia nem permitia grito ou pedido apenas um ponto vermelho um risco vermelho um rastro vermelho uma sombra vermelha

GIL VELOSO é escritor, autor de *Fábulas farsas*, entre outros.

vida que não segue

Certo estava o poeta que dizia que quem mora no morro já vive pertinho do céu. Daqui pra lá é um pulo. Mas agora o céu ficou perto do chão também, do nível do mar, ficou perto de qualquer lugar onde tenha gente pobre. Já disse o padre que o céu é dos pobres, e por isso é pra lá que foi a menina, essa das fotografias aí no jornal. Numa foto, está com uma das mãos na cintura, a cabeça inclinada, pairando sobre o ombro, pose de toda menina pobre que diz que quer ser modelo. Noutra, aparece de lábios inflados, esticados tentando alcançar a lente da câmera com seu beijo. É triste. Mas mais triste ainda é saber que não haverá outras depois dessas. Simplesmente porque essa menina, ela não é ninguém. Seu único momento de ser alguém coincidiu com o momento em que ela deixou de ser. Você vê, comparam as cidades brasileiras com as cidades sírias assoladas pela guerra civil. As pessoas gostam de efeitos dramáticos. É porque a guerra síria é a guerra do momento. Amanhã vão comparar nossas cidades ao conflito do Sudão, que vai muito bem, obrigado, mas do qual se fala pouco, pois a guerra da Síria ocupa quase todo o espaço destinado às guerras. Quando terminam de falar da Síria, na TV, é hora de falar do tempo, dos engarrafamentos e da ursa polar do zoológico de Miami que deu à luz dois ursinhos. E nunca chega a vez do Sudão. Mas quando todas essas guerras tiverem acabado, a do Brasil continuará. Quando o país é pequeno, existe a possibilidade da emigração. Você dá dois passos e já cruzou a fronteira. Mas o Brasil é muito grande. Fugir daqui pra onde? Quando você sai na rua, enfrenta um pelotão de fuzilamento invisível. O ar está cheio de balas enlouquecidas que abusam dos nossos corpos. Atravessam-nos ou se alojam neles. Balas perdidas que se perderam de propósito e executam um trabalho que a polícia não quer mais executar, pois daria muito na vista, embora às vezes o faça, sem dar bola pra isso de dar na vista, com as próprias mãos, torturando e seviciando como nos velhos tempos. É assim este nosso país: nem mesmo as regras ilícitas são observadas todo o tempo. O que se ouve dizer, diante do caixão da menina morta, é que a vida tem que continuar. Vida que segue, tentam remediar os que estão a uma distância segura do precipício. Mas aqui temos uma situação em que a vida não pode mais seguir. E não se trata dos mortos, mas dos ainda vivos, ou quase. E assim, andando pela rua com a cabeça cheia de estatísticas, um homem qualquer imagina por quantas vidas descontinuadas ele passará, em quantos órfãos e enlutados ele esbarrará de uma esquina a outra do seu caminho. São mutilados de guerra. E se por acaso é verdade que a vida segue em qualquer circunstância, deve ser como quando, depois de uma freada brusca, a simples e natural inércia do movimento nos faz seguir. E nada mais.

MÁRIO ARAÚJO é escritor, autor de *A hora extrema* e *Restos*.

quando eu era criança

Quando eu era criança
Borboletas cegavam meninos e meninas
E eles cegos de borboletas
Viam o que ninguém mais poderia:
A luz
O amor que pulsa da luz
O voo leve breve da luz.

Hoje balas perdidas nos tiram crianças
O que se quebra nesse voo
Quem restaura?

Nenhuma luz nem voo nem cego amor naquele que dispara.

MICHELINY VERUNSCHK é autora de *O peso do coração de um homem*.

dialacerado

Dentro de mim algo me escapa como um conflito idiossincrático. Sem razão aparente. Que quando racionalizo o ato, sinto a dor como a dor deveras de um parto. Não exatamente aquele de parir, à luz da vida que brota e faz nascer, mas de repartir-se ao meio ou em meio a muitos cacos.

Olho a TV, atônito e confuso. Algo em mim não passa bem. Não sei como administrar isso, mas em tom metódico versifico a minha dor, como se eu pudesse sentir o último suspiro daquela criança dilacerada pela truculência de uma bala. Perdida. Sem saber a criança. Assim como eu. Uma hemorragia de esperança — esperança?

Tento compreender. A realidade que sempre me escapa. A inocência estilhaçada em mais uma pérfida estatística.

MÁRWIO CÂMARA é autor de *Solidão e outras companhias*.

quem manda no mundo

Por Carlos Henrique Olímpio*

A bola rola desabalada
Na direção da bala perdida
O encontro delas, a beleza da infância
Partida
Que paralisa o trânsito
Seca as lágrimas
Incendeia a multidão de luto e luta
Revoltada com a cena e a sina.
Debruçado na sacada de sua mansão
Alheio ao que se passa no mundo que assassina
Mr. Money fuma um cubano
Cercado de puxa-sacos
Enquanto na sala de espera
Milhares de políticos juízes artistas publicitários
Disputam migalhas, na fila da esmola.
A bola perdida, a bala, nada abala a sociedade
Fora do mundo virtual
É só mais um dia normal
Na retina da cidade
É só mais uma vida que se foi
Tão cedo como se fosse tarde.
Mr. Money gosta de números
Mata crianças aos lotes em Ruanda, na Síria, no Iraque
Com seus exércitos, mercenários, suas fábricas de armas
Suas guerras pré-fabricadas.
Uma menina morreu? - ele diria, se ligasse a mínima

Bota o caixão à venda
Dá um desconto de 10%
Vamos adoçar a boca da mídia!

CARLOS HENRIQUE OLÍMPIO é eletricista e foi vítima de assassinato no Morro de São Carlos, no Rio. É pseudônimo do escritor CLAUFE RODRIGUES para esta antologia.

dor nas páginas dos jornais

Quatro balas se perderam no corpo de Maria Eduarda, uma jovem de treze anos. Temos de mudar a narrativa, isso de "bala perdida" tem limite. Quatro? Francamente. Se não foi massacre – apenas a perversidade justificaria uma coisa dessas, haja vista que uma inocente morta não melhora a imagem da polícia ou do tráfico –, então o Estado, na sua representação militar, está despreparado.

Defendo minha afirmação mesmo que os tiros não tivessem saído das armas dos policiais (embora contra eles pesasse, desde o início, o fato de, numa imagem reproduzida à exaustão, terem atirado em dois homens caídos, naquele momento, indefesos). Eles trocaram tiro com traficantes no entorno de uma escola. Errado. Porta de escola não é lugar para isso, o Estado, pela vida das crianças, tem de saber se retirar, ser covarde, fugir da briga. Não é com policial valente, incapaz de suportar provocação, que serão resolvidos os problemas relacionados à violência urbana.

Maria Eduarda está morta. João Helio, o garoto que foi arrastado pelas ruas do Rio de Janeiro, em 2007, está morto. Aqueles rapazes que estavam num carro alvejado por cento e onze tiros estão mortos. E há outro monte de meninos e meninas cujas vidas foram interrompidas porque se decretou que a questão das drogas se resolve assim, no tiro. Não é um detalhe menor, ao contrário, é fundamental o fato de a maioria dos mortos ser negra. Crianças negras: destino das balas (elas, sim, sempre) perversas e certeiras.

(Como os políticos angariam votos nas áreas ocupadas por traficantes e/ou milicianos? Como as armas chegam ao exército do tráfico ou ao escritório limpo dos milicianos? Se a gente pergunta essas coisas, fica no vácuo, fica a ver navios, até espaçonaves, e a mascar o fel que toma a boca do intrometido.)

Maria Eduarda está morta. Eduardo, menino de dez anos que brincava à porta de sua casa no Complexo do Alemão, está, desde 2015, morto. O Estado, quando muito, banca um enterro digno às vítimas, mesmo se não reconhece ter sido o agente da morte. Os pais dessas crianças, quase todos agarrados à pobreza, maltratados pelo preconceito racial, vão viver ainda em piores condições do que viveram até o trágico dia no qual seus filhos morreram.

Leio no jornal que um advogado conseguiu que o Estado pague o tratamento psicológico ou psiquiátrico de um ou outro, e isso já é uma vitória e tanto, pois o Estado, de mãos lavadas, só se preocupa em limpar as armas para matar mais. Mesmo quando não mata, o Estado mata, pois sua política em relação às drogas é a guerra. A guerra às drogas foi uma decisão datada, mas nós, brasileiros, não temos nos debruçado sobre essa questão e revisto nossa estratégia. Se, no início, não foi um erro — o mundo, em particular os Estados Unidos, agia assim, parecia razoável —, agora que sabemos tanto sobre as drogas, agora que o balanço desses anos todos é um número de mortos impensável, agora é.

O governo municipal, responsável pelas escolas, planeja blindá-las, querendo com isso desbloquear o território para as balas, ainda que, como discurso ou até mesmo como boa intenção (de novo), se diga que o intuito é preservar a vida dos alunos. Será que o Estado vai construir túneis blindados para garantir o ir e vir dos alunos? Pensa-se mal, às vezes com açodamento, noutras com desfaçatez e noutras com pressa e sem vergonha na cara.

perdidas

Hosana Sessassim, 13 anos, está morta. Sim, já é outra, morta dias depois de Maria Eduarda, enquanto andava pelas ruas de seu bairro, Acari. Pelo que se sabe, a polícia não estava por perto, mas Hosana é outra vítima da mesma guerra.

ALEXANDRE BRANDÃO é autor de vários livros.

Nênia no meu país natal

Minha mãe, não chore por mim!
Sei que você não mais me ouvirá
Os vagidos, o choro, as palavras.
Minha mãe, não chore...
Pense no que me esperava: nascer
Sem mais nada que seu amor...
Não numa sala de parto,
Mas num corredor de hospital,
Talvez mesmo no chão gelado.
Minha mãe, não chore por mim!
Sei que jamais sentirei,
Em minha boca faminta,
O gosto ralo de seu leite.
Minha mãe, não chore...
Pense que você havia de se afligir,
Com o medo dos mosquitos
Com a sanha dos ratos
Saindo dos esgotos entupidos,
Temendo por minha saúde.
Minha mãe, não chore por mim!
Morri de um único tiro,
antes das bofetadas que a vida me daria.
Morri de apenas um golpe
Sem dormir na pedra fria, nas calçadas.
Morri de uma só violência,
E fui poupado daquelas
Que, de tão cotidianas
já não espantam ninguém.
Minha mãe, não chore por mim!

Chore por aquelas crianças
Vivendo entre os carros parados
Vendendo balas nas esquinas
Fazendo malabarismos,
Levando cascudos,
Sendo humilhadas
Sem direito à escola
Sem direito a roupa nova,
Sem sapato bonito
Pra festa de aniversário
Que nunca terão.
Minha mãe, não chore por mim!
Chore pelos adolescentes
Que vão trabalhar pro tráfico,
Que se viciam em crack, em cola
Que se vendem por trocados
Para não morrer de fome.
Que revoltados, reagem
Quando são apanhados por brutos
Que os acorrentam aos postes,
E tatuam as suas testas
Punindo-os pelo crime –
já que viver é um crime...
Minha mãe, não chore por mim!
Chore por todos aqueles
Que sobreviveram
apesar de condenados
E que, adultos, agonizam
Em abomináveis vagões
(de carga)
em conduções
(de carga)
amontoados, no calor,
sacolejados

perdidas

(como carga)
Levados como animais
para trabalhos mal pagos
onde serão tratados
não como gente decente,
mas como escória.
Minha mãe, não chore por mim!
Chore pelos velhos
Que, com os pés cansados
E as costas curvadas
Tossem suas misérias
Sem ter quem lhes ofereça
Um pouco de pão,
Uma comida macia
que seja fácil de mastigar
Os dentes, sem cuidados,
Já se foram.
Os olhos, abatidos,
Já não veem o rosto
Daqueles que zombam e
Que sentam nos lugares
Reservados
E fingem dormir.
Minha mãe, não chore por mim!
Chore por você mesma,
Por não ter direito aos sonhos
E não poder sonhar com os direitos
Já que você nasceu mulher
Numa sociedade machista.
Chore por nossa pátria,
Nada gentil,
Que sangra sem reagir,
Que se esvai em palavras hostis,
Que se desmancha em dedos

Apontados,
Furiosos,
Raivosos,
E, violentos,
Apertam gatilhos
E nos matam, a todos,
Com uma só bala.

LÚCIA BETTENCOURT é autora de *A secretária de Borges*, entre outros.

canção de ninar

Em uma manhã de um dia qualquer do início de 2017, despertei com o estampido seco. Não sabia se o barulho vinha de um pesadelo. Levantei num salto agoniado e instintivamente percorri a casa. Os filhos dormiam tranquilamente. O dia ainda não havia clareado. Minutos depois, outro seco disparo. Era o morro da Mangueira em suas costumeiras contendas. O estádio do Maracanã nos separava, mas o gigante dormia também e o seu silêncio doía. Um mutismo que berrava e deixava nu o que abafam as bandeiras, cores, gols, defesas, apitos e canções que movem a rivalidade das torcidas organizadas: a música que embala o sono mortal bem ali, do outro lado da estação do metrô.

Os sons sequenciais em rajadas não atormentam o sono dos prédios, mas eu (quem sou eu nesse mar de luzes apagadas?) não conseguia mais fechar as pálpebras. Automaticamente fiz orações, pensei nas tarefas do dia e abri os sites noticiosos. Foi como ter ouvido o terceiro disparo. As manchetes diziam: "Duda queria chegar à seleção de basquete, mas morreu por bala perdida no Rio". Treze anos. Bebia água no bebedouro. Bairro de Mesquita. Favela do Chapadão. Três tiros de fuzil a mataram. A mãe está querendo morrer. Irmão revoltado. Basquete. Medalhas. Duda queria ser atleta. Trinta e dois tiros no muro da escola. Trinta e dois, trinta e dois, trinta e dois... As palavras do noticiário se embaralhavam na tela do computador. A foto da menina negra sorridente. Deitei de olho vidrado no teto.

Exatamente um ano antes um rapaz de 16 anos que frequentava minha casa tinha morrido assassinado. Muitos tiros dentro do quarto de sua mãe. Ele não queria ser atleta. Ele queria ser ator. Era exímio bailarino. Fiquei ali, tentando achar algum sentido, alguma conexão sei lá com o quê. Minha filha acordou.

Veio feito sonâmbula e deitou na minha cama como sempre faz para "terminar o sono" ao meu lado, me sufocando naquele abraço que mais parece uma gravata no pescoço. Olhei para o rosto dela. Em três anos fará 13 anos... Ela roncava e eu, chorava.

Nesta hora de céu púrpura poderia estar tocando um lamento, um som de negros escravizados que caminham entoando tristes canções rumo a um canavial perdido no tempo; poderiam estar vibrando as notas melancólicas de um *spiritual*, entoado pelos que vagam para uma plantação de algodão do passado da América; poderia estar tocando um sentido samba de Noel na "comunidade da verde e rosa" que desperta para mais um duro dia. Mas eram as balas que tinham a voz da música naquela alvorada. As balas que acham corpos pretos em sua esmagadora maioria.

Um atleta quer ser mais alto, mais rápido, mais forte. Um atleta quer vencer. Maria Eduarda mal teve tempo de desejar, mal teve tempo de erguer o punho com a bola para arremessar, mal teve tempo de dar um passe certo ou errado. Três entre os trinta e dois tiros de fuzil encerraram seu jogo. No placar, 32 a 0. E sua mãe "estava querendo morrer", dizia a notícia...

Qual canção de ninar embala essa nação? Qual sonífero poderoso adormece os corações? Qual injeção entorpecente aniquila a dor pela dor do outro? Qual mortal veneno abocanha os cérebros que banalizam? Onde estão os que piamente se ajoelham? Onde estão os mais altos, mais rápidos e mais fortes?

Estatísticas: A cada dois dias na região metropolitana do Rio uma bala perdida atinge a carne de alguém. Dia sim, outro não, dia sim, outro não... Quando saberemos se estamos no dia do sim ou no momento do não? Quando saberemos se a carne dilacerada não terá de nós um pedaço? Aquele projétil, quando sai daquele cano quente, não se perde em qualquer lugar. Ele tem as florestas onde mais gosta de se perder. A alteridade dos dias da estatística não é a mesma pra todos os indivíduos. Se a carne é preta e periférica é dia sim e outro também, pois falta de horizonte também é bala disparada.

perdidas

A flor na lápide não terá tempo de murchar, pois dali a dois dias outra ou outro sucumbirá... Uma flor que no lugar mais profundo espera um dia não ter que desabrochar diante de uma tumba, mas, quem sabe, no jardim da entrada de alguma quadra de basquete ou nos camarins de um teatro lotado.

(Para Maria Eduarda Alves e todas as vítimas do dia "não")

dorme, moça bonita
deita no berço nação
das balas, só laços e fitas
perdidas no teu coração
não chores a nossa desdita
no leito te aperto a mão
preta pele, cabelos e chitas
alvos fáceis, mira do canhão
embala, mocinha bonita
te abraço, te ergo do chão
a mulher que não foste se agita
clama, implora uma ação
dorme, menina tão rica
de passados,
de tantos irmãos
descansa, criança ferida
o teu corpo é nosso quinhão
de dor, de tristeza, de lida
torpor, loucura e ilusão
para o ventre retornas partida
na barriga da terra o torrão
de onde saíste pra vida
para onde retorna em paixão

ELIANA ALVES DA CRUZ é jornalista e autora de *Água de barrela*.

a bicicleta

A mãe precisava entregar a roupa lavada e levou Alandelon com ela, naquele dia não tinha com quem deixar o menino. A casa de dona Heloísa, num bairro chique, na rua de ladeira calçada com pedras pé de moleque, é muito bonita, um sobrado branco com o muro da frente recoberto de folhagem, pequeno jardim entre muro e casa, nos fundos o pátio calçado.

Para Alandelon tudo aquilo foi uma grande aventura, da comprida viagem de ônibus, que atravessou a cidade, até a recepção: dona Heloísa serviu refresco e um doce pro menino, a mãe também comeu, embora dissesse que não se incomodasse, não precisava: mas não era incômodo nenhum.

Nesse intervalo chegou Valdete com João Mário, a empregada tinha ido buscar o filho de dona Heloísa na saída do colégio. João Mário e Alandelon foram brincar no pátio. O menino da casa pegou a bicicleta que estava encostada na parede e deu várias voltas em torno do pátio. Depois perguntou se Alandelon também queria dar uma voltinha. O filho da lavadeira disse que não sabia andar de bicicleta. Mas não tinha mistério, acopladas à roda traseira havia duas rodinhas que preservavam o equilíbrio, não havia perigo de cair, o dono assegurou, e Alandelon deu alguns giros pelo quadrilátero, contente como um patinho na lagoa. Valdete apareceu na porta da cozinha e gritou para que Alandelon tivesse cuidado para não quebrar a bicicleta de João Mário, aquilo custava caro. Tinha cara de quem não estava gostando nada daquela intromissão de estranhos no reino de que era serviçal. Alandelon não respondeu, ocupado em pedalar e manter o guidão o mais possível firme. Valdete ficou olhando um tempo e entrou. Pouco depois o chamado da mãe para irem embora acabou com a brincadeira.

Alandelon cismou, haveria ter uma bicicleta como aquela. O Natal não estava longe e, quando chegou na esquina, pediu ao irmão mais velho, Jonvaine, que o ajudasse a escrever uma carta para Papai Noel. Numa folha arrancada do caderno escolar, laboriosamente o duo informou a lápis o Bom Velhinho que Alandelon era comportado, obediente e estudioso, motivo pelo qual fazia jus ao presente, que o tornaria o menino mais feliz da rua, quiçá do bairro, da cidade ou até do mundo.

Alandelon depositou a carta ao pé da arvore de natal, feita pelas mãos maternas com um pau e arames, representando tronco e galhos, tudo revestido de papel crepom verde. Perguntou à mãe se ela achava que Papai Noel ia mesmo lhe trazer a bicicleta. A mãe fez cara de pouco entusiasmo e disse que achava difícil. Aquele era um presente caro, explicou, Papai Noel não tinha dinheiro para comprar coisas caras para todos os meninos do mundo. Mas Alandelon não se convenceu: Papai Noel era generoso, tinha um saco imenso de brinquedos para atender a todo tipo de pedido, e haviam lhe garantido, se boazinhas as crianças acabam sempre recompensadas com o que querem. Ele desobedecera a mãe duas ou três vezes, é verdade, mas desde que decidira fazer aquele pedido a Papai Noel nunca mais tinha contrariado ela em nada, nem feito birra ou malcriação. E passara a cuidar melhor do caderno escolar e a prestar mais atenção na professora. Faria o que fosse preciso pela bicicleta. E considerou que a mãe talvez não soubesse tudo, ela também podia se enganar, como todo mundo.

Na noite de Natal jantaram um pouco mais tarde, o disco recém comprado girava músicas recheadas do din don de sininhos, exaltando o velhote de vermelho, personalidade mais importante do acontecimento máximo do calendário, das casas vizinhas chegavam vozes e ruídos festivos. Comeram frango assado, pudim e rabanada, e o pai bebeu mais do que o habitual, no dia seguinte não tinha de sair cedo para trabalhar, ele é pedreiro. E quando os meninos foram dormir, não ferraram no sono assim que bateram na cama, como de hábito, a expectativa dos presentes os punha excitados. Rolaram na cama uma boa meia-hora, antes de apagarem, Jonvaine sonhava com uma bola de couro número cinco, dessas de jogos dos profissionais, para o futebol do time da rua, do qual se tornaria automaticamente a figura mais adulada. Nos dias antecedentes, Alandelon debatera-se entre a generosidade e o egoísmo, avaliando se deveria emprestar ou não a bicicleta aos companheiros de brincadeiras. Chegou à conclusão que sim, mas só depois de cansar de percorrer, de um lado para outro, o leito poeirento da rua sem calçamento, ante olhares de inveja e admiração, e com muitas recomendações para que tivessem todo o cuidado com a magrela, do mesmo modo como Valdete fizera com ele. Nada como as supremacias que a propriedade confere.

Quando acordaram, os pais já estavam de pé, preparando o café da manhã, do quarto ouviam suas vozes. Lembraram imediatamente de Papai Noel: teria vindo? Correram para a árvore e para a decepção: uma bicicleta e uma bola gorducha impõem-se logo ao primeiro olhar. O visitante furtivo trouxera para Jonvaine um revólver de brinquedo, que lhe permitia justificar o nome de caubói, e reservara para Alandelon um carrinho de plástico muito do mixuruca.

Jonvaine pareceu conformar-se em pouco tempo, apontando a arma, disparando tiros imaginários. A devastação de Alandelon impressionava. Olhou com desprezo o carrinho, que mal segurou, como para avalia-lo, e botou de volta na árvore. Depois do café sentou sozinho no pátio, ficou um tempão olhando um carreiro de formigas ocupadas em carregar as folhas caídas da árvore para sua cidade subterrânea. Cansado daquilo, levou com um pau o caos à fileira de ordem e disciplina, distanciamento de um pequeno deus contemplando o desastre imposto a um cosmo insignificante.

A mãe, coração partido com a tristeza do menino, chamou-o para comer uma rabanada, ele não queria, ela insistiu, até que ele entrou na cozinha, e ela lhe disse, olha, é preciso ter fé, quem sabe no próximo ano Papai Noel vai lhe trazer a bicicleta. E o menino respondeu que no próximo ano ele não queria, ele queria era nesse.

O pai não gostou dos modos do filho e disse que se o bom velhinho não lhe trouxera o que tanto queria é porque certamente ele precisava estudar mais, parar de ser rebelde e de responder para os mais velhos. Alandelon resmungou para si mesmo que bom velhinho porra nenhuma. Aos poucos aprende as lições da vida. Acaba, por exemplo, de ganhar uma certeza: apesar do que dizem, Papai Noel muitas e muitas vezes não passa é de um bom filho da puta.

RUBEM MAURO MACHADO é jornalista e escritor, autor de *A idade da paixão* e *O executante*.

balada do menino ao vento

Lá onde uma campina extensa abriga de verde os morros, o vento faz a água planar e pousar macio na terra. E a água refresca o vento com perfumes do ocre escondido. Água e terra brincando juntas se colorem, descobrem sons, formas, pregam peças nos pequenos bichos. Ao sabor do vento, espalha-se o aroma de suas conversas. Foi assim que o menino de repente no deserto, arrastado para o deserto, no golpe de secura e sede percebeu a nuvem d'água:
– Vem chuva, vem trovão?
Fim da festa, fim do jogo. A pergunta lançada ao vento. Distrai a sede. Aquela secura desde o instante do golpe. O silêncio como pluma fazendo cócegas. Arranha esquisito o silêncio. Ali, o que é? Pensa o menino. Fiquei de castigo? Não fui jogar bola! Espere, é isso. Agora me lembro. A partida. O futebol. Mas então... que silêncio é este? Nem ligo. Depois vou lá e acerto todas. Bola pra frente, é goooooooooooooool!!!!!!!!!! Foi aí. O calor. O vento, num zunido só. O vento. Fico assim caído no chão. Levanta...! Isso é o Marcelo quem diz. Está sangrando! O Marcelo é um cara engraçado... Ninguém mexe nele, cuidado! Chamem a ambulância. Essa voz não conheço. Foi um tiro... uma bala... perdida. Muitas vozes. A gritaria é geral. Ainda assim, o silêncio. Não quero levantar, está bom assim. O céu: estava tão bonito que parecia uma pintura. Engraçado, na ida com o colégio ao Museu de Belas Artes tinha cada pintura tão bonita... que parecia até de verdade. A gente dizia: esta pintura é tão bonita, parece até que é de verdade. O veludo, o azul. Hoje é o céu que parece até pintura. Uma beleza. A sirene de ambulância quando vem é ó-ín ó-ín....

fica fininha. Quando vai é inhó-inhó-inhó. E ela vai, a sirene, grave e triste.

– Tem vento?

O vento espera a chuva cair. O menino sente a nuvem d'água, respira lentamente. Depois o vento assovia forte, dá meia volta num elevado de areia e se vai. O menino respira mais uma vez, quer acariciar o nariz com o frescor novo em sua face. No entanto, a mesma pálida secura que suporta desde o instante do golpe, desde o fim do futebol.

O silêncio sem brisa arranha esquisito, volte a pluma a fazer cócegas.

– Vento bom com cheiro de capim!

Num impulso, o menino estende a mão para gritar o vento que já vai à distância. Mas seu gesto é interrompido na tensão dos pequenos ombros. Reflexo do peso de ter se dado conta de que não há ninguém. De que ainda está sozinho. Ele e a miragem, dois únicos pontos no deserto. O vento assovia. Uma, duas, três vezes. O menino baixa os olhos, não percebe no assovio um aceno para seguir com ele. O vento ainda o chama. Pluma e cócegas. Até hoje. Para que o menino sinta o refresco da pergunta na ponta da língua. O vento não se cansa, tem respeito ao repouso, não seu, do menino, o vento não para. Parece que é a areia a copiar o movimento ondulante do capim e das flores. Mas é a campina, lá onde o afazer mais importante do vento é esperar a chuva e um menino.

SUSANA FUENTES é escritora. Publicou o romance Luiza, dentre outros.

vinhetas letais

I.

Num feudo cercado por gelo baiano, os bebês nasciam perfeitos, com pés, mãos e unhas. Morriam nos primeiros anos com tiros na cabeça; os tiros de raspão arrancavam as orelhas, outros tiros mais certeiros atingiam os miolos. Os pais órfãos riam sem controle porque juntos eles deixavam de existir e eram espectros fantasiados na fila do Cordão do Bola Preta de cujo rei, o Momo, saltava a cara mais impassível, atravessada pelo cruel esgar de um folião! Vamos rir, vamos nos rebentar, vamos rebentar o ventre de tanto rir, eram as ordens do bufão armado de um fuzil cruzado em frente ao peito.

II.

No funk da apoteose, um grito dissonava, um grito de ódio tão infinito quanto o amor. Ou prenunciavam-se as declarações de guerra? X9 vai cair. Bota a cara para morrer. Comando. Vermelho.

III.

Facções de descamisados ou uniformizados impunham o cumprimento das ordens. De uma das gôndolas do teleférico, contabilizavam-se as cabeças nos engenhos há quatorze minutos dos últimos seiscentos anos.

IV.
O manguezal se arrastava sob o céu, assim como a gente e os caranguejos guaiamum. Ignoravam onde iam. As aves frias

dispersas equilibravam-se nas ondas do vento. A restinga criava fronteira com o restante do mundo e usava da serventia da Lua e do Sol até as cores atrofiarem pés e patas no lamaçal. Devoradores da carniça e dos sedimentos de chumbo da Maré, a gente e os caranguejos retinham frações do céu nas carapaças. A cada toca correspondia uma hora antiga e passada e, por serem os abrigos vazios, neles o nada habitava por todo lado, o tudo-nada.

V.

Estirado sobre o chão, o exoesqueleto da menina espremia para fora meninos e meninas idênticos a ela cuja carapaça de fêmea no cio era cremosa e amarelada. Ana era Clara, Clara fora Ana, Bruna foi Sofia, Eduardo sempre de Jesus, Maria de Eduarda, Eduarda de Maria, João seria Antônio, Antônio é João, dispensando nome rosto ou cruz por não se distinguirem. Brian nasceu e morreu ontem no ventre universal.

VI.

Menina: onde mapearam a sua coroa estelar? Na contínua lei de reposição física dos corpos, você é fecundada por disparos, ruídos, cápsulas, rojões.

VII.

Um dos pescadores do manguezal instruía tão bem as crianças em desova do corpo da menina. Explicava-lhes que andassem para os lados, tesos e frontais, a fim de não perderem guarda das costas ou da cabeça. Tanto esforço para domesticar seres abençoados pelo Diabo era em vão! Que o pescador se ativesse à construção de barquinhos e redes enquanto os meninos e meninas insistiam em levantar-se das cambalhotas e fazer travessuras. Recusavam-se a manter suas cabeças rentes ao chão e os seus pés apontados para o céu, justo o céu iluminado pelos surtos da Nebulosa do Caranguejo. Deus os havendo feito errados (pés, mãos e unhas perfeitos não bastando), castigou-os com vida, nucas sem olhos e exoesqueletos. Condenou-os a olhar para um futuro que se desintegra no passado e a se encolherem, de cócoras, na regressão fetal.

VIII.

Quando chove, o esgoto sobe.

IX.

O pescador produz embarcações que poderiam embalar os meninos e as meninas para que escorregassem sem qualquer atrito do Morro do Timbau ao mar e fugissem do "ponto forte".

X.

Era uma vez uma bela fábula. O Rei, o Momo, os líderes dos comandos, facções e exércitos encomendaram *le gaz* sarin para perfumar o manguezal. Os caranguejos alimentando-se de folhas amarelas tombadas ou de outros caranguejos sobreviveriam. A menina também, já que não parava de conceber e expelir.

Fim não existe.

KÁTIA BANDEIRA DE MELLO GERLACH é autora de Colisões bestiais (particula)res, entre outros.

Licenciado por autores e editoras em regime de Atribuição-Não-Comercial-Compartilhalgual 3.0 Não Adaptada (CC BY-NC-SA 3.0). Os leitores são livres para compartilhar, desde que creditem os autores e a fonte original e que não usem para fins comerciais.

Revisão   Monica Ramalho
Capa   Julio Silveira

Perdidas : Histórias para crianças que não têm vez : Katia Bandeira de Mello Gerlach e Alexandre Staut (organização) – Rio de Janeiro : Livros de Criação : Ímã editorial, 2017, 124p; 21 cm.

ISBN 978-85-5473-003-1

1. Contos. I Bandeira de Mello-Gerlach, Katia II Staut, Alexandre III Violência urbana IV Infância V Rio de Janeiro VI Título.

CDD 869.3

Ímã Editorial | Livros de Criação
www.imaeditorial.com